DIVIDIDA ENTRE DOS

PROGRAMA DE NOVIAS INTERESTELARES®:
LIBRO 16

GRACE GOODWIN

Dividida En Dos
Copyright © 2020 por Grace Goodwin

Todos los derechos reservados. Ninguna parte de este libro puede ser reproducida o transmitida de ninguna forma ni por ningún medio, ya sea eléctrico, digital o mecánico, incluidas, entre otras, fotocopias, grabaciones, escaneos o cualquier tipo de sistema de almacenamiento y de recuperación de datos sin el permiso expreso y por escrito del autor.

Publicado por Grace Goodwin con KSA Publishing Consultants, Inc.

Goodwin, Grace

Dividida En Dos

Diseño de portada por KSA Publishers 2020
Imágenes de Deposit Photos: frenta, STYLEPICS

Este libro está destinado *únicamente a adultos*. Azotes y cualquier otra actividad sexual que haya sido representada en este libro son fantasías dirigidas hacia adultos solamente.

BOLETÍN DE NOTICIAS EN ESPAÑOL

FORMA PARTE DE MI LISTA DE ENVÍO PARA SER DE LOS PRIMEROS EN SABER SOBRE NUEVAS ENTREGAS, LIBROS GRATUITOS, PRECIOS ESPECIALES, Y OTROS REGALOS DE NUESTROS AUTORES.

http://ksapublishers.com/s/c5

1

Miranda Doyle, Ciudad Xalia, Continente del sur, planeta Trión

Unos dedos suaves se abrían paso a través de mi largo cabello oscuro mientras Brax lo acomodaba en una larga trenza. Me arrodillé en la cama y cerré los ojos, deleitándome en la sensación de sus atenciones. Incluso esta inocente tarea era excitante en su simplicidad. Me sentía como la estrella de una película que había visto antes de transportarme: una película donde el héroe trenzaba el cabello de su amante, y luego la llevaba a una habitación especial llena de juguetes.

Sí. Esto era exactamente así. Porque no tenía dudas de que tan pronto como Brax hubiera terminado, *jugaría* conmigo por *horas*.

Había estado esperando por esta noche, por su regreso del deber, desde hace semanas. El doctor Valck Brax era un hombre codiciado en Trión. Todos en la ciudad sabían que era un doctor brillante y el asesor de mayor confianza del concejal Roark. Lo que muchos no sabían era que Brax también era enviado regularmente a misiones peligrosas de las que no podía hablarme.

A pesar de sus frecuentes ausencias en la ciudad, no era la única que quería un pedazo de ese guapísimo hombre. Con su cabello oscuro, sus ojos aún más oscuros y una sonrisa que prometía travieso y desenfrenado placer, era todo mío... al menos por un día o dos. Después, nuevamente, le llamarían al deber, se pondría el uniforme y volvería a ser un soldado-espía, aparte de doctor. Cuando estaba desnudo, era mío. Vestido... era un guerrero Trión con deberes y lealtad hacia su concejal.

Sus dedos tiraban y luego expulsaban la tensión de mis sienes. Quería derretirme y suplicar que me acariciase por horas, pero teníamos los días contados. No quería desperdiciar ni un momento. Pero la tensión me delataba. No podía dejar de pensar sobre el pasado. Mi pasado.

Había viajado desde el otro lado del universo hasta este extraño planeta porque no había nada más para mí en la Tierra. Tenía un ex esposo, y poner varios años luz entre nosotros había estado bien por mí. Solo lo hacíamos en misionero, y me había dicho que el diablo estaba dentro de mí por necesitar algo más, por siquiera pensarlo. Prácticamente corría a la ducha cada vez que teníamos sexo. A menudo me preguntaba si no se habría golpeado el pie en la oscuridad... ya que nunca lo había hecho con la luz encendida. Me había hecho pensar que había algo mal conmigo. Que era retorcida de alguna forma. Pervertida. Sucia, incluso. Ahora, sabía que algo estaba mal con *él*.

El divorcio había sido una decisión sencilla. Venir a Trión con Natalie y el pequeño Noah había sido aún más sencillo. En ese entonces había querido algo más, pero no sabía lo que era. Finalmente, esta noche, después de meses con Brax, lo *sabía*. Deseaba lo que tenía Natalie. Quería un compañero como su Roark. Quería mi propio bebé. Familia. Seguridad. Protección.

Necesitaba *pertenecer*.

Cuando llegué, ocuparme de Noah y cuidarle la espalda a Natalie había sido suficiente. Pero Noah ya tenía dos años: ya no era un bebé. Y yo había comenzado a sanar. Siempre había querido un esposo, pero después del divorcio sabía que no estaba lista para otro.

Había venido aquí, a un nuevo planeta, para encontrarme a *mí misma*.

Tenía preguntas que necesitaban respuestas. Como por qué nunca encontré excitante el normal y típico sexo con mi ex. Por qué me había hecho sentir rota y sucia por querer cosas que él no entendía. Yo no lo podía entender. No sabía qué pensar. O sentir. O querer.

Hasta Brax. Hasta que abrió mis ojos a lo que deseaba. Lo que necesitaba. Anhelaba.

Que tiraran de mi cabello.

Esposas.

El escozor de las nalgadas en el culo.

La brusca embestida de un gran pene llenándome por detrás cuando estaba amarrada e indefensa.

La renovada confianza que había descubierto dentro de mí era algo que Brax me había dado en los últimos meses. Pero esta noche sería un nuevo comienzo para nosotros, o un final. El acuerdo de *amigos con beneficios* que habíamos tenido desde el inicio ya no era suficiente para mí. Algunos días salvajes cuando estuviese en la ciudad y fuera de servicio ya no podían satisfacerme. Ah, él me había dado orgasmos y hecho sudar a chorros, pero quería más que solo tener sexo con él.

Finalmente estaba completa, lista para entregar mi corazón: y ya Brax estaba a más de la mitad de reclamarlo.

Quería todo lo que tenía Natalie, todo por lo que la había seguido a Trión. Me encantaba cuidar a Noah y a su nueva hermana menor, pero ver a Natalie dar a luz a un segundo niño—esa pequeña bebé con apenas algunos días de edad—me hizo anhelar algo por primera vez en años. Mis ovarios prácticamente estallaron solo por cargarla.

Pero Brax no quería bebés. No quería una compañera. No quería nada más que un momento de diversión. Eso no me molestaba. Tampoco había querido otra cosa... hasta que sí lo quise. Y no era su culpa.

—Hoy estás callada, Miranda. —Brax había amarrado algo alrededor de la punta de mi trenza para asegurarla y bajó los labios hasta mi hombro expuesto. Su tacto suave y cálido era como fuego rozando mi piel desnuda.

—Lo lamento, amo.

En esta habitación, en su cama, nunca usaba su nombre. No tenía permiso. Cuando estábamos juntos él era mi amo en todo sentido, y había aprendido que con mi sumisión venía un asombroso placer.

Él se acercó, y yo jadeé mientras su pecho desnudo se posaba en mi espalda. Yo vestía menos que nada, capas sensuales de seda de araña que no impedirían a sus manos, boca o pene encontrar cualquier parte de mí que deseara. Era algo tan precioso, incluso exquisito, con un tejido reluciente como un ópalo transparente. Nunca había visto nada como eso en la Tierra, y había gastado el equivalente a dos semanas de salario de mi trabajo en el centro de educación juvenil para poder usarlo para Brax esta noche.

—¿Deseas compartirme lo que te molesta?

Sus manos descansaron en mis caderas, y podía sentir la paciencia en él. La escuchaba en el suave tono de su voz. Él esperaría si lo deseaba. Escucharía. Pero eso no era lo que necesitaba de él, pues ya conocía la respuesta. Habíamos acordado que no habría compromisos y eso es lo que habíamos hecho todo este tiempo. Algunos días salvajes y luego se iría. Había sido caliente, fácil y sencillo.

Hasta que no lo fue. No en mi cabeza... y mierda, no en mi corazón. No arruinaría este momento con él para decirle que quería más, que quería cambiar las reglas de nuestro acuerdo. No era justo para él, especialmente ya que conocía su respuesta. Él estaba satisfecho como estábamos. Y esa es la razón por la que permanecí callada. No *quería* su respuesta, no quería escucharle repetirme lo que era su deber para con su gente. Su lealtad hacia Roark. No necesitaba una lista de razones por las que no estaba listo para una compañera. Las razones por las que no *podía* tener una compañera. Yo ya *sabía* exactamente lo que diría.

No. Necesitaba olvidar... y sentir. Y si esta sería la última vez, que así fuera.

—No, amo.

—Entonces dime lo que necesitas.

El suave murmullo de su voz descansó dentro de mí, sobre todo aquello que me hacía... bueno, yo misma. Esa suave petición abrió puertas en mi mente que nadie había abierto antes. Puertas por las que, antes de Brax, había estado demasiado asustada para siquiera asomarme. Pero ahora lo entendía. Necesitaba rendirme. Necesitaba sentirme segura y darle a otro el control. Necesitaba confiar en que él cuidaría de mí. Esa ansiedad me hizo arrodillarme, llamarle *amo*, darle todo lo que quisiera porque confiaba en que él cuidaría de mí. Había estado asustada toda mi vida. Con Brax, obedecía... y estaba libre. Aunque estuviese sometiéndome, él concedería cada uno de mis deseos. Y ahora mismo, solo había una cosa que quería. Que *necesitaba*.

—A ti.

La palabra era poco más que un suspiro, y verdadero en maneras que no podría entender. Me había acercado a él, después de todo. Había llegado a Trión con Natalie y Noah hace casi dos años. Entonces no había estado lista. Pero hace seis meses, había ido con Brax y le ofrecí mi cuerpo. Le pedí que me hiciera el amor. Al principio se había negado. No se había reído ante la propuesta ni me había regañado, gracias a Dios. Me había estudiado de esa intensa forma suya, y luego me pidió que le explicara mi necesidad de ser follada. Por él. Un desconocido.

Trión era diferente. Dios, *tan* increíblemente diferente. Los hombres en Trión no eran para nada como los terrícolas, especialmente mi ex. Mi ex se habría burlado y me llamaría zorra. Pero Brax sintió que había una razón detrás de mi petición; que no lo pedía simplemente porque quería correrme o tenía un oscuro demonio dentro de mí.

Y así había tomado el mayor riesgo de mi vida y le dije la verdad. Le hablé de mi ex, mi pasado, cómo no sabía lo que mi cuerpo realmente necesitaba, pero que necesitaba... *algo*. Admití que había estado observando a mujeres en Trión por meses. Admirándolas con sus adornos y ropa brillante. No se avergüenzan. Son valientes. Se sometían a sus hombres voluntariamente y con una serenidad que envidiaba. Estaban satisfechas. Eran felices y descaradamente sensuales. Las mujeres trión no tenían que pedir sexo. Ellas lo *emanaban*.

En ese entonces yo no emanaba nada, excepto dudas constantes producidas por mi mal matrimonio. Y eso es lo que había visto Brax. Y entonces me hizo preguntas con una implacable intensidad que había llegado a adorar. Así de despiadado como había sido con las preguntas sobre mi pasado, fue igual de inclemente con sus exigencias de que lo superase.

Tener un doctor como amante tenía ciertos beneficios. Se había ocupado de los anticonceptivos con una inyección, doblándome en la mesa y ordenando que no me moviese mientras me *examinaba*. O más bien, me tocaba por todos lados—y hablo de todos—y encontró lo que me excitaba.

Maldición, no es raro que los hombres trión fuesen tan... ardientes. Ellos tomaban, pero daban muchísimo a cambio porque, bueno, descubrí que me encantaba que me flexionaran y usaran hasta que me convirtiese en una bestia sudorosa y saciada. Me encantaba saber que mi cuerpo lo excitaba, que disfrutaba verme desnuda. Que amaba que *estuviera* desnuda, sin permitir que mi ropa permaneciese en mí por mucho tiempo cuando estábamos juntos.

Y ahora, usaba el conocimiento que había reunido sobre mí, recorriéndome la espalda arriba y abajo con la mano, postrándome hacia adelante. Iba a donde él desease, me doblaba, luego me desplomaba en mis rodillas, de manos y piernas mientras permanecía detrás, acariciando las esferas redondeadas en mi trasero. Los separaba, mirando lo que escondían.

—Tienes una vagina preciosa.

Saber que podía verme a tal plenitud ya no me avergonzaba; me calentaba. Me mojaba. Me estremecía, deseando que deslizara los dedos dentro de mi empapado calor y tocase mi clítoris. Me lamiera. Me mordiera. Lo que sea. La espera era una tortura y me hizo gimotear.

Su mano aterrizó en mi culo con un fuerte azote, haciendo que mis senos se balanceasen debajo de mí. Otra vez. La punzada corría por mi cuerpo hasta mi corazón.

—Te hice un cumplido. ¿Qué respondes?

Solté una exhalación, sentía el calor dispersarse.

—Gracias, amo.

Calmado, se inclinó y presionó los labios en la zona que sabía que se estaba volviendo morada.

—Tu vestido es hermoso, Miranda. ¿Lo traes para mí?

—Sí, amo.

Dios sabe que sí. Quería que perdiera la cabeza. Que me estampara y me follara hasta que no pudiese ver con claridad. Quería que me mirase y decidiera que necesitaba una compañera después de todo. Pero debí haberlo sabido. Brax *jamás* había perdido el control. Ni una vez.

—También tengo un regalo para ti.

La manera en la que pronunció esas palabras hizo que se sintieran como sexo en mi cabeza. Estar con él era el regalo que me daba a mí misma una vez al mes cuando regresaba luego de la última peligrosa misión secreta en la que siempre parecía estar. Podría ser un doctor, pero aun así servía, y de una manera más peligrosa que otros asignados a la ciudad capital de Xalia. Esas misiones eran la razón por la que me había dicho que no podría tomar una compañera. La razón por la que insistió que *esto* entre nosotros fuese solo temporal; un arreglo casual entre amigos.

Primero se concentró en romper cada barrera que mi ex hubiera puesto en mi cabeza. Me tocó en lugares en los que jamás había sido tocada. Me obligó a tocarme a mí misma. A tocarle. Empujó cada límite que tenía hasta destrozarme.

Una vez que me convirtió en una flagrante criatura sexual, nuestra relación cambió. Ahora ambos llenábamos una necesidad en el otro. Una necesidad física.

Ahora éramos amigos que se follan. Un ligue. *Amigos con beneficios.*

No quería ser su amiga. Ya no más. Quería ser *suya*. Estaba lista para pertenecer a alguien nuevamente. Tener a alguien para mí. Estaba lista para entregar mi corazón, pero no quería cometer una equivocación. No esta vez. Tomaría lo que Brax me ofrecía esta noche porque los *beneficios* se sentían jodidamente bien, y lidiaría con el resto de mi vida después.

—Gracias, amo.

Se rio y cerré los ojos con placer. Era raro que pudiera hacerle reír.

—¿No quieres saber lo que compré para ti antes de agradecerme?

Quería. Pero permanecí callada, no miré sobre mi hombro para ver lo que podría ser. Hasta que sentí a sus dedos deslizarse entre mis piernas para conseguir mi clítoris. Solo entonces mi cabeza se alzó. Jadeé mientras algo duro prensaba ese pedacito duro de carne; gemí en asombro y tragué en seco por el dolor. Pero en segundos, el dolor se transformó en placer, y suspiré.

—Gracias, amo.

Su mano acarició mi espalda una vez más, con suaves movimientos mientras me ajustaba a la intensa presión en mi clítoris.

—Tengo dos más, Miranda. Siéntate y muéstrame tus senos.

Me apoyé sobre los tobillos y volví a arrodillarme. Cuando me rodeó para ponerse delante de mí, bajó la mirada hacia mis abiertas piernas, viendo la joya que colgaba debajo de mi vagina. Sí, a los hombres trión les encantaba adornar a sus mujeres. Adornarlas y hacerlas más hermosas. Aún más excitantes.

Miré mientras tiraba de un pezón arriba y bajo hasta que la punta se ponía dura, y después le puso un piercing de joyas. La punzada de dolor fue inmediata, pero todo mi cuerpo se estremeció con placer mientras se iba hacia el otro. Necesitaba esto, la punzada, el dolor, el asombro que hacía a mi vagina prácticamente sollozar.

Bajé la mirada y vi que los sólidos piercings tenían gemas verdes colgando de ellas. Se balanceaban con cada respiro estremecedor. Me sentía hermosa. Especial. Sentía que era el centro del mundo. Quería todo lo que pudiese darme... y más.

No estaba segura de qué era el *más* que necesitaba, pero sabía que lo tenía dentro de mí, como un escozor en el cerebro. No importa cuántas veces Brax me hiciera correrme, había algo más que requería, un *anhelo* que había sentido casi cada día de mi vida. Pero el extraño vacío estaba enterrado tan profundamente dentro de mí que no podía nombrarlo. Ese espacio vacío me producía dolor todo el tiempo, como si mi alma hubiera sido herida y jamás se hubiese recuperado.

Al principio, había ignorado la dolorosa soledad y deducido que esa oscuridad era simple ansiedad adolescente. Después, cuando me casé, empecé a pensar que quizá el sentimiento fuese un efecto secundario de mi frío y rígido ex. Pero ahora no estaba segura. Él me había hecho sentir como si hubiera algo mal conmigo, como si fuese una anormal. Un fenómeno.

Eso es lo que había creído, hasta que Brax me liberó de

mi cárcel sexual. ¿Y si mi ex me mirara ahora? ¿Desnuda, excepto por una tela opaca, empapada entre las piernas y desesperada por un alien que ponía pinzas en mi clítoris y pezones? No me reconocería. Y aun así, quería más. Mucho más.

De alguna forma Brax sabía lo que me hacía gemir, lo que me ponía caliente. Él podía hacer que me viniese tan fácilmente como podía besarme. Cuando estaba con él perdía la cuenta de la cantidad de orgasmos que me había dado; de los lugares en los que me había tocado. Y todavía no era suficiente. Las pinzas demostraban su dominio, pero secretamente ansiaba más. Necesitaba algo que no podía pronunciar.

Mi cuerpo no estaba roto. El placer que sentía con él era prueba de eso. Había un pozo profundo de ansiedad sexual que incluso él debía saciar todavía. ¿Qué demonios estaba mal conmigo? ¿Qué podría faltarme todavía?

Brax me tocaba y yo me estremecía. Mi cuerpo estaba completo otra vez. ¿Pero mi mente? ¿Mi corazón? ¿Mi alma? No estaba segura del resto de mí. Y quizá esa era la razón por la que esto es todo lo que podía pasar entre nosotros. Sexo. Puro. Caliente. Sexo sin compromiso.

La agonía se expandía por mi mente como una súbita explosión de fuegos artificiales, pero la tranquilicé, regresándola a su jaula. Este no era el momento ni el lugar. No quería sentir esas cosas ahora. No quería pensar sobre el pasado, o el futuro.

Solo quería sentir y él estaba haciendo un trabajo excelente en eso. Jadeé, tratando de acostumbrarme al calor, al ardor, a la punzada de dolor. El más dulce de los placeres.

No me di cuenta de que tenía los ojos cerrados hasta que la palma de Brax descansó sobre mi mejilla, y su pulgar suavemente apartó una lágrima que había escapado en contra mis órdenes.

—¿Estás segura de que quieres estar aquí, Miranda? Aunque puedo ver que estás húmeda de desesperación por mí, estás... callada. Podemos parar. —La voz de Brax era amable, y sabía que lo decía en serio. Este era un acuerdo para nuestro mutuo placer, nada más. No iba a contarle todos mis miedos. Él ya sabía demasiado sobre mi pasado. Más que cualquiera en este planeta. Incluso más que Natalie.

—No, amo. No quiero parar. Necesito esto. Te necesito.

Brax se agachó y me besó, suavemente. Había comprensión en su roce, y sabía que aceptaría mis palabras y no insistiría por respuestas. Así como yo no exigía respuestas suyas sobre a dónde desaparecía por sus misiones, o cuándo regresaría, o si estaba follando con alguien más. Después de todo, él no era mi compañero.

El beso se volvió tórrido y me estremeció. Inclinándome hacia adelante, sentí a las gemas repiquetear. Llevé las manos hacia su pecho, robándome el tacto que sabía me iba a negar después.

Sus manos cubrieron mis muñecas y las alzó por encima de mi cabeza, negándome.

—Vamos, Miranda —Brax no usaba el término que había oído decir a otros hombres con sus compañeras, *gara*. No había traducción literal en español, así que mi UPN no la sustituía por nada cuando la pronunciaban. Lo mejor que podía deducir era algo cercano a *amor*. Cuando le pregunté a Roark sobre el término, dijo que significaba literalmente una pieza de su alma. Muy romántico, y un recordatorio más de lo que éramos Brax y yo. Nos encargábamos de las necesidades físicas del otro, pero no éramos la misma alma.

Ni de cerca. Y es por eso que jamás había oído esa palabra salir de sus labios.

Obedientemente, me levanté y le seguí hasta un banco acolchado, común en las habitaciones privadas de los hombres en Trión. Brax tenía dos bancos, uno estrecho y sin espaldar, como una mesa donde podría doblarme y luego encadenarme las muñecas con los tobillos, dejándome la vagina y culo expuestos. El otro era un columpio acolchado con lugares para mi espalda, brazos y piernas, donde podría atarme suspendida en el aire y hacer conmigo lo que quisiese.

Ambas opciones me encantaban.

Esta noche me condujo al columpio, y en mi mente pedí paciencia mientras ataba mis manos y piernas a las correas de cuero que colgaban de unas cadenas fijadas al techo. Una vez amarrada, apartó mis tobillos a un lado, haciendo que se abriera mi vagina, y luego los desplazó hacia atrás, suavemente, hasta que mis pies abandonaron el suelo y yo me encontraba balanceándome, boca arriba, en el aire. De pie entre mis piernas abiertas, me miraba desde arriba como un dios sexual, y mi sexo se contrajo.

—¿No quieres saber qué más pueden hacer tus regalos? —preguntó, recorriéndome con la mirada. Sabía que podía ver mis apretados pezones, con las hinchadas puntas al rojo vivo. Mi vagina estaba expuesta y abierta para él, coronada por la gema verdosa que colgaba de mi clítoris. Sabía que podía ver lo mojada que estaba, y cómo mi sexo—e incluso mi culo—se apretaban con deseo y expectativa. Me preguntaba si me follaría ahí o pondría un juguete en mi culo mientras se encargaba de mi vagina. Todo eso me encantaba. Lo quería todo a la vez.

—Sí, amo. Por favor —yo ya sabía de lo que eran capaces

esas joyas. Había oído hablar de adornos especiales que los hombres de este mundo ponían en sus mujeres. Cosas que vibraban y se sacudían y causaban estragos en su cordura. Podía causar un verdadero desastre en mí. Estaba más que lista. Parecía que las pinzas solo eran el inicio.

Si tan solo fueran permanentes.

Mías.

Con una sonrisa con la que me había familiarizado demasiado, tocó el gran anillo que usaba en la mano derecha. Con un pequeño giro, pequeñas descargas eléctricas volaron a través de mi clítoris y pezones, seguidas de una vibración que hizo que arqueara la espalda y recuperase el aliento.

—Cielos, ¿qué es eso? —jadeé. Él me sonrió. Trate de levantar las caderas, pero el columpio me sostenía de tal manera que no podía hacer más que recibir lo que me daba —. Me voy a correr, amo.

—No, no lo harás. —A su seria orden la siguió un manotazo contra mi muslo, solo lo suficientemente fuerte para apartarme del borde del orgasmo—. No te correrás hasta que yo te dé permiso.

Gimiendo, obedecí, luchando contra el inesperado incremento de calor fluyendo por mis venas.

Por él lo aguantaría, sabiendo que al final mi control valdría la pena.

Brax se inclinó sobre mí, sus oscuros ojos se posaban sobre las joyas que pendían de mis pezones. Recorrió con el dedo los pliegues internos de mi sexo y suavemente haló la joya que estaba ahí.

No pude detener el gemido que escapó de mí.

—Te verás hermosa un día, Miranda, cuando tu compañero te adorne apropiadamente. —Sus dedos trazaron una línea desde un pecho hasta el otro—. Una cadena estará aquí. —Su dedo se deslizó hacia mi vagina mientras luchaba contra el columpio para acercarme a él—. Y aquí, brillando como un faro contra tu piel. Nadie dudará que verdaderamente has sido reclamada.

Separó los labios de mi vagina y colocó su gran pene en los bordes. El columpio estaba a la altura exacta para permitirle deslizarse justo dentro de mí.

—Ahora voy a follarte. No te vendrás hasta que esté profundamente dentro de ti.

Empujó hacia adelante, lentamente, extendiendo mi placer. Le dio otro toque al anillo—el control remoto era el más pequeño que hubiese visto—y otro choque de electricidad recorrió mi cuerpo.

Su pene tocó el fondo de mi cuerpo, estirándome del todo, llenándome por completo. Completándome. Entonces, como esperaba, fue hasta debajo de mí y deslizó dos grandes dedos en mi culo, estirando mientras me embestía con su pene. Estaba llena; la punzada de dolor, la invasión a cada parte de mí que me hacía gritar. Enloquecí, el orgasmo corría a través de mí como si cada célula de mi cuerpo estuviera convulsionando.

El éxtasis, este placer que podía darme, era como una droga. Era adicta, y no estaba segura de cómo podría resistir otro golpe. Pero podía. Tendría que hacerlo, pues no le pertenecía.

Y aunque deseara tanto lo contrario, las palabras que había pronunciado hicieron calentar a mi cuerpo, pero rompieron mi corazón. No le pertenecía. Y él no me pertenecía.

2

 octor Valck Brax

MIRANDA ERA MUY HERMOSA, perdida para todos mientras la follaba hasta provocarle las primeras convulsiones del orgasmo. Era tan caliente, tan apretada; y la manera en que su vagina se contraía a mi alrededor mientras se corría sería mi perdición. Esta primera vez, mi orgasmo sería rápido; mis bolas estaban muy llenas, pero no sería la última vez que terminaría. La tomaré varias veces esta noche, y este será el primero de varios orgasmos. Tenía que ser suficiente para bastarnos a ambos por algunas semanas, hasta que regresara del deber una vez más.

Pero verla me mantendría caliente en las largas y frías noches; me daría una imagen qué visualizar mientras estuviese fuera, cuando me agarre el pene y encuentre alivio. El vestido traslúcido que traía se veía como un moño de regalo hecho de prismas. Y dentro del regalo, una caliente y

Dividida entre dos

húmeda mujer demasiado ansiosa de cabalgar mi pene. Con las gemas y pinzas asomándose de entre sus carnes... *Maldición*, quería correrme de nuevo.

Esas joyas, color verde oscuro, descansaban perfectamente sobre su piel. Las escogí con cuidado, castigándome y pensando que era un tonto mientras me visualizaba adornándola. Reclamándola para mí. Viéndolos en su receptivo cuerpo, mientras observaba mi pene deslizándose dentro y fuera de su húmeda cueva; mientras jadeaba y suplicaba por más, haciendo que me diera cuenta de que estaba perdido. Era suyo. No habría resistencia, ya no más.

El problema era que no me quería. No quería un compañero para nada. Había sido maltratada y ya no confiaba en que un hombre se hiciese cargo de ella. Había sido cuidadoso, muy, muy cuidadoso de no presionarla mucho fuera del dormitorio. Adentro, era mía. Se doblaba a mi voluntad y ofrecía su sumiso cuerpo para mi placer. ¿Pero más allá de mi cama? Era desafiante. Callada. Cerrada. Incluso aquí lloraba, pero no me revelaría el origen de su dolor.

Si la presionaba, huiría; igual que huyó de su primer compañero.

Lo abandonó en la Tierra. Había estado tan desesperada por alejarse que viajó a través de la galaxia hasta un nuevo planeta.

Hasta mí.

Y yo no quería perderla como lo hizo el primer tonto.

Miranda había venido a mí hace meses, me contó de su problema al encontrar placeres carnales, de la precaria habilidad de su primer compañero en el acto de satisfacer a su mujer. Ese imbécil. Ella se había culpado a sí misma por su deficiencia, pero yo sabía la verdad. Su compañero había sido un flojo. Egoísta. No la había atesorado o valorado lo suficiente para entender lo que la hacía feliz. Hacerla retorcerse y gritar y estremecerse por su mero tacto.

Había compensado con creces su estupidez, y disfrutaba cada momento. Ahora, con mi pene enterrado en lo más profundo de ella y su suave piel a la vista, me lamentaba tanto por el hecho de que Miranda no me quisiera, como por el hecho de que no pudiese tomar una compañera. Mi trabajo era demasiado peligroso, y me negaba a poner a una mujer en la posición de estar sola por semanas, de momento.

Pero no podía abandonar mi deber. Las cosas que hacía en servicio del canciller Roark eran importantes para mantener a nuestra gente sana y salva.

Cada vez que estaba con Miranda me destrozaba. Deseaba quedarme con ella, adornarla permanentemente, hacerla mía. Y aun así, quería alejarla. Separarla de mí. A una distancia segura de mi trabajo y del constante peligro al que me enfrentaba. Ella había venido a mí primero, ofreciendo su cuerpo. En todo este tiempo no me había pedido pertenecerle. Ni hacerla mía permanentemente. No había exigido nada, tampoco. Simplemente se deleitaba con el placer que le traía, como yo lo hacía.

No podía divagar en esto ahora, mi pene estaba enterrado en ella, sus pliegues internos se aferraban a mi miembro, prácticamente sacando el semen de mis bolas. Un buen amante no pensaba en nada más que el dulce éxtasis de un cuerpo femenino en un momento como este. Era un amante atento, y se lo probaría.

Dejé que el columpio hiciera el trabajo. Poniendo mis manos sobre las cadenas que lo fijaban, empujé. Mi pene salió de ella hasta que solo quedó la punta en su entrada; luego la dejé ir, permitiendo que la gravedad la devolviese conmigo. Se balanceó una y otra vez, y luego regresó a mi miembro hasta que su respiración se volvió errática. El sudor brillaba sobre su piel. Sus jugos vaginales cubrían mis bolas. Un rubor se deslizaba sobre sus adornados senos. Estaba siendo muy buena chica al frenar su segundo orgasmo. Esperando. *Esperando*.

—Córrete, ahora —rugí, incapaz de frenar mi propio placer por más tiempo. Me recorría la espalda, estalló en chorros de espeso semen que la llenaron. Ella gritó y se corrió conmigo, tomando todo lo que le daba con pasión desenfrenada, con el corazón más generoso, el cuerpo más dispuesto.

Mantuve las piernas juntas, tratando de evitar derrumbarme en el suelo. Podía matarme solo con placer, pero yo debía cuidarla, velar por sus necesidades antes que las mías, sacarla del columpio y cargarla de vuelta a mi cama. Le quitaría las pinzas con cuidado y besaría los lugares que habían sido hermosamente torturados. Entonces la lamería hasta que se viniese otra vez.

Largos minutos después, con la labor finalizada, la recosté contra mí, con su sabor en la lengua y sus jugos cubriendo mi pene. *Diablos*.

Miranda estaba envuelta en mis manos, saciada. Exhausta. Cubierta en la sudorosa y satisfecha bruma del sexo.

Me encantaba la manera en la que se acurrucaba contra mí. Confiando en que la sostuviera. Una pequeña sonrisa apareció en las esquinas de sus carnosos labios, y me hizo sonreír, también. Estaba... feliz. Contento. El sentimiento usualmente era tan fugaz como un orgasmo, pero la alegría que sentía con ella se había extendido para incluir este... *momento de arrumacos*, como lo llamaba ella.

No podía seguir manteniéndola conmigo mucho más de lo que podía aguantar los sentimientos que provocaba en mi cuerpo. Y tales circunstancias me forzaron a interrumpir el momento. Normalmente, estaría en la ciudad por varios días después de una misión, y el tiempo libre lo pasaría con mi pene clavado profundamente en Miranda, haciéndola venirse hasta que no pudiese hablar.

Pero no esta vez. Había regresado a la ciudad solo por esta noche, pues el deber llamaba.

—Debo irme en la mañana.

Se tensó; su cuerpo se volvió rígido de sorpresa, como si estuviese incómoda repentinamente, pero no quitó la cabeza de mi pecho.

—¿Tan pronto?

—El canciller Roark me está enviando a lidiar con un problema en el sur.

Ella se relajó en mis brazos una vez más, y yo tiré de la blanda sábana para cubrirnos a ambos, no queriendo que su sensible piel tuviese frío.

—¿Crees que algún día dejarás estas misiones, Brax? ¿Sentar cabeza y tomar una compañera?

Fue mi turno de tener frío. ¿Qué me estaba preguntando? ¿Me preguntaba que fuese suyo? Había preguntado si algún día *tomaría una compañera*, no tomarla *a ella* como compañera. Mi corazón dio un salto, y luego se aceleró con una emoción que no había esperado sentir. Una añoranza por algo que jamás había querido antes.

—¿Estás... estás pidiéndome ser tuyo, Miranda? ¿Tu compañero? ¿Que deje de servir afuera?

Volteó la cabeza, mirándome.

—¿Qué? No. Jamás te pediría que hicieras eso. No quisiera presionarte.

Así de rápido, mi alegría se volvió decepción. Quizá no la había complacido lo suficiente. Quizá ella simplemente no quería que fuese suyo para siempre. Ella había venido a mí con un objetivo: saber si su cuerpo estaba roto, saber si podría experimentar placer. Quizá todo lo que ella había querido de mí era una respuesta a esa pregunta. Ah, yo sí la había respondido. Si ella hubiera tenido alguna duda de su apasionada naturaleza, de cuán hermosa e increíble era cuando estaba sumida en ello, de cuán caliente me ponía sabiendo que era yo quien la hacía sentir de esa forma... le habría dado tantas nalgadas que no se podría sentar en una semana.

—Seguiré sirviendo tanto como Roark me necesite. —Mantuve la voz tranquila, aplacando toda emoción. Apartándola.

—Claro. —Ella se acurrucó y volteó la cabeza, dejando un beso en mi pecho. Un beso que causó un dolor a mi corazón que jamás había sentido—. Jamás te pediría que sacrificases nada por mí. Ese no fue el trato que hicimos.

No, no lo era, pero había creído... no, esperado. Había esperado que cuando mis días de luchar se terminasen, la volvería mía. La reclamaría. La llenaría de hijos y la adornaría con oro y joyas, como un verdadero compañero debería hacerlo. Había mentido cuando le dije que las joyas que habían decorado su exuberante cuerpo tan preciosamente eran un regalo para ella.

Eran un regalo para *mí*. Necesitaba verla usando algo que la marcara como mía, incluso si era mentira. Incluso si no eran permanentes. *Aún.*

Las terrícolas eran un misterio. Solo había conocido a Natalie, la compañera de Roark, y eso no me había ayudado a entender sus mentes cuando de escoger compañeros se trataba.

Pero Roark y Natalie habían sido emparejados a través del Programa de Novias Interestelares. Quizá era por eso que parecían juntarse y separarse sin problemas, como si fuesen una sola persona. Un alma.

Jamás te pediría que sacrificases nada por mí.

Jamás.

Eso era demasiado maldito tiempo.

Ignorando el dolor que recorría mi pecho, acaricié su hombro y deposité un beso sobre su cabeza.

—Debo irme al sur en la mañana. Me iré por varias semanas. Quería que lo supieras.

—Vale.

Sabía que eso significaba que entendía y no estaba molesta de que me fuese. Ese dialecto terrícola que había descifrado de ella y Natalie durante los dos años desde su llegada me daba la comprensión que necesitaba. Pero esa única palabra de sencilla aceptación también me hería.

Mis labios seguían en su cabello, la oscura suavidad de un calmante bálsamo contra mi piel. Podría quedarme aquí, abrazándola, por siempre. Pero ese no iba a ser mi destino. Debía irme en la mañana: un incremento en la compra de armas ilegales en la costa sur requería mi atención. Roark me pidió encargarme de ello en persona.

La gente estaba muriendo en las ciudades más pequeñas. Eran víctimas de guerras territoriales entre grupos de traficantes. Aquello debía ser detenido.

A un soldado lo identificarían y asesinarían fácilmente si intentase entrar en el campamento de los traficantes.

¿Pero un doctor? Sería reclutado. Aceptado en el círculo

interno. Confiado para tratar a sus compañeras y niños, sanar sus heridas.

No me verían como amenaza hasta que fuese demasiado tarde.

Parecía que nadie esperaba mucho de mí. Ni los traficantes, ni la mujer que se había quedado dormida en mis brazos. Mi pecho, justo debajo de sus ojos, estaba húmedo: una señal de más lágrimas.

Ni eso se me confiaba. Miranda estaba herida, y aun así no me confiaba la verdad. Ni sus penas. Solo su cuerpo. Todo lo que yo era para ella era un… *vale*.

Cuando regresara de mi siguiente misión haría todo en mi poder para convencerla de que un *vale* no sería suficiente. Quería que fuese mía. Quería escuchar un *sí* en sus labios, no solo cuando la llevase hasta el orgasmo, sino también cuando le pidiera ser mi compañera, mi pareja dentro y fuera de la cama. Y si eso significaba que tenía que amarrarla y darle mil orgasmos, rompiendo las barreras hasta que fuese un desastre lloroso, sudoroso y exhausto, y esa palabra fuese pronunciada una y otra vez, lo haría.

Ella era mía. Simplemente aún no lo sabía.

3

Miranda, recámaras personales, Ciudad Xalia, cinco semanas después

—De acuerdo, nena, traje el vino.

Natalie sostenía la botella de un líquido pálido y pasó junto a mí para entrar en mi habitación. Le había enviado un mensaje en el comunicador y se había aparecido—afortunadamente, no con las manos vacías—en menos de una hora. Con un recién nacido, un niño y un hombre *muy* atento, me impresionaba que se hubiese escapado tan rápidamente.

La puerta de mi recámara se cerró silenciosamente detrás de ella, y la conduje hasta mi pequeña cocina. Gracias a Dios por las mejores amigas, incluso en Trión. No podía siquiera imaginar haber permanecido en la Tierra sin ella. Incluso aquí, en un planeta al que nos estábamos acostumbrando, nos necesitábamos una a la otra. Claro, ella tenía a la lindura de Roark. Y al pequeño Noah, que ya no era tan pequeño; no con los genes de Roark en él. Y también a la bebé Talia. Sonreí, pensando en los problemas que Roark tendrá pronto. Solo tenía cinco semanas y esa pequeña ya tenía a su padre comiendo de su pequeña manita, igual a su mamá.

—La botella es un poco diferente a las de la Tierra, pero el vino sabe igual —continuó Natalie, tomando las copas y dejándolas en el mostrador. Ella era madre de dos, y todavía se veía fantástica. Ella era todo lo que yo no... Alta. Rubia. Preciosa.

Yo tenía cabello castaño y ondulado, y rasgos regulares en el rostro. No era particularmente hermosa: mi nariz era muy larga, mi barbilla muy afilada, el ojo izquierdo era ligeramente más grande que el derecho, y nunca había salido de mi etapa de flacucha adolescente. La cirugía láser se había ocupado de mi miopía cuando estaba recién salida de la secundaria, pero incluso sin las gafas que había usado por la mayor parte de mi vida, aún me sentía como un becerro recién nacido tratando de descubrir cómo caminar en sus temblorosas piernas. Nunca había tenido eso de la *confianza*. Desde lo de Brax estaba mejor, pero seguía siendo yo.

La yo de siempre.

—No creo que una botella sea suficiente.

—Así de mal, ¿eh? —Natalie ladeó la cabeza con ese gesto comprensivo de amiga, e hizo una mueca—. Bueno, sé dónde el chef guarda sus provisiones. No diré nada si tú tampoco.

Natalie mostro su puño con el meñique sobresaliendo.

—¿Por el meñique?

Me reí, no pude contenerme. —Por el meñique.

Enganchamos nuestros dedos y los sacudimos por nuestro nuevo pacto. Gracias a Dios que ella sabía cuándo enviaba la señal de que iba a necesitar alcohol. Esto era exactamente lo que necesitaba. Una gran botella de vino y una oportunidad para llorar, gritar y emborracharme. Habíamos sido amigas en la Tierra. La había seguido a Trión cuando se emparejó con Roark. Natalie insistió en que la acompañara a ella y a Noah. Ya que Roark era canciller, había sido capaz de aprobar la transferencia inmediatamente. Había estado en el planeta con Natalie por dos años y ahora podía hacer helado de galletas y crema en la máquina S-Gen. Volvía loco al personal de Natalie, pero me encantaba hornear y había dominado el arte de hacer *aparecer* harina, huevos, mantequilla y los aderezos para las galletas con chispas de chocolate o galletitas—había una razón por la que era la tía favorita de Noah—, pero no tenía la misma ventaja para el buen alcohol. Los *buenos* tragos. El oro líquido que estaba sirviendo con soltura en las copas, gracias a Dios.

Necesitaba una bañera llena de eso. Un suero directo hasta mi corazón.

Aunque estábamos en mi habitación, ella se volteó a darme una copa rebosante como si ella fuese la anfitriona. Aunque no había uvas en Trión, había otra clase de fruta con nombre extraño que era fermentada. No era para nada una experta, ni notaba los matices ahumados o algo de eso, pero mis amigos catadores sabían lo que era un buen vino cuando lo veían, y se llevaban una buena cantidad.

Natalie tomó su propia copa, llena hasta casi desbordar, y se dejó caer en mi sofá.

—Bien, dispara.

Mientras me desplomaba en el sofá de mi sala junto a ella, ambas sabíamos que no hablaría del vino.

Suspirando, doblé las rodillas y puse los pies delante de

mis muslos. Había pasado más de un mes desde que vi por última vez a Brax y le extrañaba.

—Es Brax.

—Por supuesto que sí. —No me miró con algo más que simpatía a través de sus ojos azules—. ¿Le hablaste hoy? ¿Qué te ha dicho? Ese tonto, lo voy a ahorcar si no fue bueno contigo.

—¿Qué? ¿Cuándo? Pensé que estaba en una misión. —¿De qué demonios estaba hablando? ¿Brax estaba aquí? ¿En la ciudad?

¿Y no me había llamado?

Inconsciente de mi dolor, Natalie siguió hablando.

—Estuvo aquí ayer en la noche, dando su reporte. Asumí que te había dicho que se iría mañana otra vez, y que por eso estabas molesta. —Sus cejas alzadas y su calculadora voz me hicieron sentir como si me hubiera tragado un cubo de hielo. ¿Brax había estado... *estaba* aquí, en la ciudad? Estaba vivo y a salvo y no me había visto en semanas.

Sacudí la cabeza y tomé un trago de vino. —No, esa no es la razón.

Tal vez lo habría sido, si me hubiese contactado.

Pero no había llamado. Ni una vez. Ni mensajes. Ni comunicaciones. Nada. Había estado totalmente incomunicada por las últimas cinco semanas tratando de concentrarme en mis pequeños estudiantes, muerta de preocupación, imaginándole muerto y pudriéndose en la arena, perdido en medio del desierto. Había visualizado escorpiones entrando y saliendo de sus globos oculares... y ni siquiera tenían escorpiones en Trión. Me había estado volviendo loca de angustia, pensando que había cometido un error la última vez que le vi, pensando que malinterpreté sus palabras. Esperando que volviera a casa para poder pedirle de una vez por todas que fuese mío. *¿Y había estado aquí? ¿En casa? ¿En la ciudad y SIN llamarme?*

—Maldición. —Normalmente no decía palabrotas, por lo menos no en voz alta, pero esto era demasiado para que mi cerebro lo procesara y mantuviese el control de mi boca al mismo tiempo.

La última vez que estuve con Brax me quedé dormida en sus brazos, demasiado atontada con los orgasmos inducidos por el columpio sexual para hacer otra cosa. Cuando desperté, él también estaba dormido. Había dicho que nuestro tiempo juntos era corto, que volvería a irse por la mañana.

La idea de verle marcharse—otra vez—había sido demasiado. No había sido capaz de estar ahí cuando se fue. *Otra vez.*

Y después de lo que dijo, cuando me estaba follando mientras estaba amarrada al columpio—*te verás hermosa algún día, Miranda, cuando tu compañero te adorne apropiadamente*—sabía que no podría quedarme. No podría decir adiós. Me había dado cuenta de que no tenía intenciones de ser mi compañero. Hablaba abiertamente de otro hombre encargándose de ese rol aun cuando él había enterrado sus bolas dentro de mí.

Él me quería para alguien más. No para él.

Y así me fui, escabulléndome en medio de la noche. Por primera vez en todos los meses en que habíamos tenido sexo, hice la marcha de la vergüenza. Sentí que nuestro acuerdo de *amigos con beneficios* era... barato.

Tomé un gran trago de vino. Luego otro.

—Vale. —Natalie alargó la palabra—. ¿Entonces qué pasa?

—Creo que tenías razón —dije finalmente.

Su boca se abrió como una puerta y me miró, con los ojos bien abiertos.

—¿Qué hora es?

—¿Qué? —pregunté, frunciendo el ceño—. ¿Las ocho y media? ¿Por qué?

—Porque jamás dices que tenía razón. Quiero tomar nota de esto.

Volteé los ojos y me reí, tomé otro trago de vino.

—En fin. Me harté.

—¿Te hartaste? ¿De qué?

—De ser amigos con beneficios.

Comprensión recorrió su rostro.

—¿Por qué? ¿El sexo ya no es bueno?

Pensé en Brax y la manera en que movía las caderas. Cómo podía usar la lengua de maneras mágicas que me hacían poner los ojos en blanco. La manera en que me llenaba, tomaba su tiempo, me reclamaba por completo, de muchas maneras. En frente, abajo y a los lados. Él conocía cada centímetro de mi cuerpo, íntimamente. Mi vagina se contrajo solo con pensar en él. Mis pezones habían estado adoloridos por días por las pinzas con pedrería que había usado. *Con las que me había adornado*. Dijo que le gustaba verme adornada, que eran regalos para mí. Y sin embargo los dejé en su mesa de noche. Para la siguiente mujer que llevase a su cama.

Basándome en la forma en que su pene se endurecía mientras yo me retorcía cuando las puso, le gustaba verme con ellas puestas; ver el efecto que tenían en mí. Sabía que me ponía caliente, que me empapaba, que me hacía suplicar que fuese duro. Salvaje e indomable.

—¿Hola? ¿Tierra a Mira?

La risa en los ojos de Natalie dejó en claro que sabía *exactamente* lo que había estado pensando.

—Sí, el sexo no es el problema —respondí, retorciéndome en el sofá. Las sexys y pequeñas prendas que usaba esa noche estaban enterradas en el armario. Esta noche tenía unos pantalones Trión sueltos y una anticuada camisa de la Tierra. Me había hecho un desastroso moño en el cabello—. Dios, si mejorara solo un poco más, no sobreviviría.

Natalie sonrió. No hablábamos mucho sobre su vida sexual; Roark era ridículamente posesivo, pero sabía que ella nunca estaba insatisfecha. Ya que había tenido un bebé hace poco, me imaginaba que debía seguir sentándose sobre una bolsa con hielo y tratando de recordar la última vez que se había duchado. Una cosa que Trión tenía a diferencia de la Tierra eran esas lindas cápsulas ReGen. Dos horas después de tener a Talia, se había recuperado por completo. No tenía dudas de que ella y Roark ya habían estado practicando para el tercer bebé.

Y aun así ni siquiera tenía un hombre que me quisiese para algo más que sexo. Ah, le había pedido ese trato a Brax para no sentirme usada. Diablos, había usado el miembro de Brax tanto como él me había usado. Pero no era su compañera, solo había sido adornada temporalmente. Sabía que Natalie estaba adornada con toda la joyería típica de una compañera trión. Anillos en los pezones—no solo las pinzas enjoyadas que Brax usó en mí—y una delgada cadena entre ellos con el medallón de Roark. Estaba escondido bajo su ropa, pero a veces los bordes de los *adornos* eran visibles. Y más de una vez, en ocasiones especiales, usaba vestidos diseñados para *lucirlos*. Sueltas y sensuales piezas que la hacían ver como una diosa sexual.

Cuando se trataba de emanar sexo como una mujer trión, Natalie *arrasaba*.

Si no estuviésemos en un extraño planeta teniendo sexo con aliens, pensaría que estábamos viviendo en alguna clase de porno con un jeque del desierto. Todo lo que necesitábamos hacer era ir al Puesto dos, en medio del desierto, para completar el escenario. Ahí es donde los líderes del continente se reunían. Roark nos había llevado una vez. Bueno, insistió que Natalie y Noah le acompañaran, yo me había colado. Y para ser perfectamente honesta, me encantaban las tiendas de campaña y los piercings—o *adornos*—como las mujeres de aquí los llamaban. Eran íntimos y tabú y me calentaban por completo. ¿Pero la arena? Esto... no. Podría vivir sin la arena.

En fin. Resulta que me *gustaba* el porno de jeques, especialmente con mi propio jeque súper sexy y súper dominante. O doctor.

—El sexo ya no es suficiente —dije, terminando mi copa y buscando la botella para rellenarla.

Ella inclinó la cabeza, me vio a los ojos. Su copa seguía entera. No estaba segura de si podía beber y amamantar, pero quizá solo sostenía la copa por mí, porque cuando terminase con la botella, vaciaría su trago también. No quería desperdiciar nada.

—Te enamoraste de él.

No era una pregunta.

—¿Tú no lo harías? —repliqué, tomando otro trago de vino. Podía sentir los efectos de él haciendo efecto, la ligereza, la calidez filtrándose en mis venas.

Ella inclinó la cabeza a un lado.

—Lo entiendo. Tengo a Roark. Y no, el sexo no sería suficiente. Lo quería todo.

—Y lo conseguiste. —Mis palabras no eran sarcásticas ni impregnadas de celos, pero quería lo que ella tenía. Un compañero propio que viniese a casa después de trabajar. Con quien acurrucarse. Tener sus bebés. Un compañero que me protegiese y me hiciera sentir segura. Un compañero que me adornara con sus anillos permanentes. Y cadenas. Y quizá un piercing en el clítoris. Me retorcí un poco más.

¿Sabía que los pensamientos que iban en círculos por mi cabeza eran alocados? Sí. Pero quería sentir el tirón en mis pezones cuando mi compañero estuviese en otra parte. Quería sentir el suave movimiento y saber que el hombre que me adornaba regresaría. Los adornos en Trión eran un símbolo de amor. De respeto. De reclamo. Ellos reforzaban la belleza de una mujer, la hacían sentir especial. Y hermosa. Y por encima de todo eso, los adornos eran una conexión. Un lazo formal.

Permanente. Real.

Y eso es lo que le dije a Natalie. —Cuando me puso las pinzas en los pezones, recordé lo que me faltaba. Recordé el carácter temporal de nuestro arreglo. —Me recosté con un suspiro, y sabía que mi voz contenía cada gramo de arrepentimiento que estaba sintiendo. ¿Cómo demonios me había permitido enamorarme de un hombre que no me quería realmente... *otra vez*?

—Es asombroso, pero deja la ciudad tan rápido como las pinzas luego del sexo.

—Es un doctor ocupado —respondió, como si su trabajo pudiera justificar su falta de compromiso.

—Es más que un doctor y lo sabes. —Me quedé mirándola, esperando que quizá supiera cosas ultra secretas sobre lo que hacía Brax ya que estaba emparejada con el canciller. Pero permaneció callada.

Suspiré. —Roark es un canciller. Su agenda es una locura, pero consigue tiempo para ti. Para Noah, y ahora Talia. Él *hace* tiempo—cuando ella estaba a punto de decir algo, yo continué—: Roark pone energía y atención en las cosas que quiere. Cosas que son importantes para él. Cosas que son una prioridad.

—Brax pone energía y atención en el sexo contigo —replicó, su voz me consolaba—. Demonios, mujer, he visto cómo quedas. Como un platillo de gelatina.

Mis mejillas se calentaron, y no estaba segura de si era por el vino o sus palabras. Pero la última vez que había estado con Brax, incluso después de haber sido follada en el columpio, no había sido un platillo de gelatina. Mis emociones esa noche habían arruinado completamente el subidón sexual. Maldita sea.

—Necesito más que sexo —respondí—. Si él me deseara *completamente*, entonces lo daría todo para estar conmigo. Yo lo quiero todo, Nat. Quiero lo que tienes con Roark. Ya estoy lista. No lo estaba cuando llegamos a Trión, pero lo estoy ahora.

—Es un buen partido, Miranda. ¿Le has dicho cómo te sientes?

—Le pregunté que cuándo estaría listo para tomar una compañera.

Eso atrajo su atención.

—¿Y? ¿Qué te dijo?

—Que le serviría a Roark tanto como lo necesitase.

Volvió a inclinarse hacia atrás, su evidente decepción reflejaba mi condición interna.

—Qué romántico.

—Sí, y justo un minuto después dijo que solo podría estar conmigo una noche antes de volver a irse. Por mucho más tiempo esta vez.

—No debería decir nada, pero Roark está teniendo problemas con unos piratas en la costa sur. Es un problema tremendo. Mujeres y niños están muriendo. —Esa explicación debió haber venido de Brax, no de Natalie. Había observado y admirado a las familias militares allá en la Tierra, quienes esperaban que un ser querido fuese a servir. Habría esperado por Brax. Habría entendido y apoyado su decisión de proteger y servir a su gente. Pero no me dio esa opción. No me dio ninguna excepto dejar las cosas como estaban... o terminarlas.

Debió decírmelo. Quizá esté loca. Sé que es raro, pero quiero que mi vida sea como una película de los ochentas. Quiero detalles y hechos. Quiero que él lo lance todo por la borda por mí. Sin frenarse. Devoción total. Merezco eso.

—Lo mereces. Todos lo merecemos.

Suspiré y tomé otro trago de vino, decidiendo que una botella definitivamente no sería suficiente. —Creo que necesito alguna clase de pista musical extraña o algo. Quiero que sostenga el estéreo por mí.

Natalie tomó otro *sorbo* de vino. Aparentemente, la última parte de mi parloteo sobre Brax había quebrado su voluntad por defenderle.

—Aquí no tienen estéreos.

—No lo dije literalmente. —Sacudí el vino, asintiendo con la cabeza—. Pero el sexo no es suficiente. Valgo más, y voy a conseguirlo. Quedarme con Brax por la diversión y el sexo duro solo me está alejando de *él*.

Ella se inclinó hacia adelante, con los ojos abiertos.

—¿Él? ¿Quién es él? ¿Conociste a alguien más?

Suspiré, bajé la mirada hacia mi copa y me di cuenta de que estaba vacía. De nuevo. Tomé la botella y me serví más. Lo eché *todo*.

—No hay un él específico —aclaré—. Un compañero. Un verdadero futuro. Una familia propia. Es hora de que me haga la prueba de novias.

Ante mis palabras, ella casi saltó del sofá.

—¿La prueba? Dios, eso fue tan caliente. Bueno, bueno, ¿qué crees que vas a conseguir? ¿Un everiano? Escuché que son ridículamente rápidos.

—¿No tienen manchas o algo? —Bajé la mirada hacia mi palma. No había ninguna marca rara de nacimiento.

—¡Ya sé! —gritó, haciéndome saltar—. Viken. *Tres* bombones.

—¿Tres? Eh, no sé si podré con eso. —Pensé en el sexo con Brax y era bastante intenso. Dos podrían ser… wow. Mi cerebro se detuvo. Uno en frente de mí, usando mi vagina. Otro detrás, sujetándome, llenando mi culo mientras jugaban. Mi cuerpo encendido. Dos podrían ser muy deliciosos. ¿Pero, tres? No, no estaba tan segura de tres.

—Bien, entonces podrías tener una bestia. Apuesto a que sus miembros son enormes.

Entonces me reí, prácticamente echando vino de la nariz.

—Estás emparejada con un enorme alien trión. Solo puedo asumir, por el tamaño que tiene, que su pene es más que suficiente para ti.

Sus ojos brillaban. —Oh, sí.

—Deja de retorcerte —la regañé, sabiendo que se estaba excitando solo por pensar en el pene de Roark. Lo quería como un hermano… pero puaj. No.

Sin embargo, el satisfecho y alegre rostro de Natalie me

hizo querer aún más un compañero para mí. El pene de Brax era cosa seria, pero no era mío. Lo dejó muy en claro. Si no podía tener ese grueso y largo pedazo de pene alienígena para mí por siempre y para siempre, entonces conseguiría una que *pudiese* conservar.

—Anótame. Quiero una pareja. —Me levanté y caminé hacia la puerta—. Quiero un pene propio, uno que pueda conservar.

—¿Ahora? —preguntó. Comprendiendo que iba en serio, también se levantó—. Estás loca, ¿lo sabías? No es solo un pene. Es un alien. Un compañero que será posesivo y gruñón.

—Solo me estás tomando el pelo.

Gruñón y *posesivo*. Eso era lo que quería. Estaba cansada de ser el ligue. Una esposa indeseada. Un repuesto, un *quizá luego*, una amiga con la que los hombres dormían. Quería un hombre que *quisiese* estar conmigo. Que lo quisiera aún más que respirar. Quería un hombre que me amase de la forma en que Roark amaba a Natalie. Completa y absoluta devoción. Adoración. Gruñón y posesivo sonaba jodidamente perfecto.

—Tendrás que dejarme. ¿Lo sabes? ¿Qué tal si te envían a Prillon Prime? ¿O a la Colonia? Algún lado muy, muy lejos. —Natalie se acercó a mí y me dio un abrazo de oso, apretando los últimos dos años de amor y amistad en mi corazón entre un respiro y el siguiente—. Eso no importa. Estoy siendo totalmente egoísta. Quiero que seas feliz, pero te voy a extrañar.

—Yo también. —Me encogí de hombros—. Quizá seré emparejada en Trión. —Moví las cejas y miré a Natalie directo a los ojos hasta que se rio en voz alta. Podía lidiar con eso. Me encantaba este lugar. Los hombres dominantes.

Los adornos. La ropa sexy y la actitud de diosa sexual de las mujeres de aquí. Pero la verdad era que también amaba la Tierra. No me importaba el lugar, solo quería a la gente. Podría ser feliz en la luna si tuviese un compañero devoto conmigo.

—Vale. ¿Pero estás segura de esto? Una vez que entras, no puedes retirarte. Es un contrato totalmente legal de unión. Estarás casada... Emparejada, lo que sea, tan pronto como hagas las pruebas.

La apreté una vez más y di un paso atrás.

—Lo sé, pero ha pasado casi un mes y dijiste que Brax había regresado. Ni siquiera se molestó en llamar. Es hora de superarlo. Quiero un compañero de verdad. Estoy lista para una relación adulta. Estoy harta del sexo casual. Y estoy cansada de sentarme junto al teléfono, esperando por una llamada que nunca llega.

—No tienen teléfonos aquí.

—Lo que sea. Sabes a lo que me refiero. Estoy cansada de ser *esa* chica.

—Pero estás borracha.

—Nena, necesito más de dos copas de vino para eso. Puedo aguantar mucho mejor que tú, ¿lo recuerdas?

Fue mi turno de reír.

—Cierto, lo olvidé. —Natalie también sonreía.

—Además, no estoy conduciendo un auto, solo voy a la prueba de novias. Y ahora mismo se siente como el momento perfecto para hacer una locura.

Natalie tomó mi copa y la puso junto a la suya en el mostrador.

—Vale, novia. Primero, vamos a darte algo de café.

Fuimos a la máquina S-Gen y esperé a que la descarga de cafeína hiciese efecto. Cuando estaba ciento diez por ciento segura de que estaba sobria, la vi a los ojos y asentí. Estaba cansada de estar esperando, cuestionándome y aguardando por lo que no podía tener. Era hora de encontrarme con mi compañero perfecto. Si él estaba en Trión, bien. ¿Si no? Que así fuese. Extrañaría a Natalie y a los niños, pero para eso estaban los comunicadores.

—Lista.

—Vale. Hagamos esto. —Puso la mano sobre mi hombro y me llevó al centro de procesamiento para ser emparejada con mi compañero perfecto. Se acercó a mí mientras llegábamos a la puerta del centro médico en donde las pruebas comenzarían—. Y no diré nada sobre el vino.

4

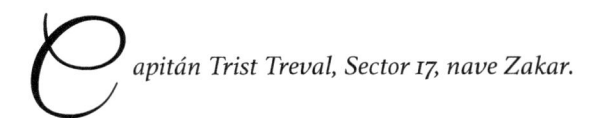

Capitán Trist Treval, Sector 17, nave Zakar.

Me incliné sobre el mapa de batalla; la omnipresente tensión en mis hombros y cuello eran un recordatorio constante de que la guerra contra el Enjambre aún no se había ganado, que mis guerreros estaban afuera muriendo. Aún. Siempre.

—Hemos destruido sus naves exploradoras, capitán, pero las naves más grandes de ataque simplemente desaparecieron. —El capitán Wyle habló en mi derecha. Era un luchador veterano que traía honor a Prillon Prime. Si decía que la nave del Enjambre se desvaneció ante sus ojos, le creía.

—¿Viste uno de los nuevos destructores? —pregunté.

Las avanzadas y nuevas naves desarrolladas por el Enjambre recientemente habían comenzado a llegar a otros sectores. Eran invisibles a los sensores e imposibles de rastrear. Nunca había visto una, pero él sí. Él sabía qué buscar; sabía si la nueva amenaza estaba aquí, en este batallón. La flota de la Coalición había perdido al batallón Varsten en el sector 438 ante el batallón Karter, y una unidad de lucha de la Central de Inteligencia se las había arreglado para eliminar la amenaza en el sector 437 liderada por el comandante Karter. Nuestro sector asignado no estaba nada cerca de ellos, pero nada nunca era fácil con el Enjambre. Y su nueva tecnología estaba siendo desplegada por toda la galaxia mucho más rápido de lo anticipado.

Odiaba al Enjambre.

—No —respondió—. Eran muy pequeñas, pero había al menos tres de ellas. Suficientes para causar un serio problema. —El capitán Wyle señaló a un planeta en el mapa estelar. Había estado ahí fuera, volando con sus guerreros, cuando la batalla ocurrió. Era nuestro mejor piloto y líder de nuestros cazas aéreos—. Teníamos un campo de visión, pero ellos corrieron detrás del cuarto planeta y los perdimos.

En frente de nosotros, el comandante Grigg Zakar maldijo y estampó su puño en la pantalla plana ante la que estábamos. —Malditos sean los dioses. El Prime Nial nos advirtió sobre su nueva tecnología furtiva. Pero había esperado que con la destrucción de la nave del Enjambre en el sector 437, no tendríamos que lidiar con esto aún.

—El Enjambre es una sola mente, comandante. —El recordatorio no era necesario, pero yo no compartía esa esperanza. Era un realista. El comandante Zakar había estado a cargo de este batallón por más de veinte años. Había sido su segundo al mando por el tiempo suficiente para saber que, a pesar de todo lo que ha visto, aún tenía esperanza. Todos la teníamos. Él peleaba como un guerrero que creía que podía ganar. Pero entonces, consiguió una compañera. Necesitaba esperanza, necesitaba creer en un futuro para ella y sus hijos.

Todo lo que tenía, todo lo que conocía, era la guerra. Matar. Observar a miles de nuevos reclutas salir de la Academia de la Coalición y de centros de reclutamiento en los planetas miembros para pelear y morir. O peor, ser capturados vivos por el Enjambre y convertirse en el enemigo. Ser *contaminados*.

—Comunícate con la C.I. Quiero saber exactamente cómo pelearemos con esta cosa.

Grigg estaba sombrío, incluso para un Prillon. Su linaje venía de una antigua familia que había defendido este sector del espacio por cientos de años. Su piel y cabello eran marrones, sus ojos eran una mezcla entre rojo y anaranjado, algo que su compañera terrícola llamaba "cobrizo".

Aunque ambos éramos prillones, él y yo no nos parecíamos en nada, ni en temperamento ni en físico. Mi familia era clara. Dorada de la cabeza a los pies. Pero mientras él era venerado como algo similar a la realeza, yo no era nadie: el tercer hijo de padres que habían pagado el máximo sacrificio en esta guerra. Habían muerto peleando mientras estaba en la Academia, y había jurado destruir tantos soldados del Enjambre como pudiese. Juré pelear, como lo hicieron mis dos hermanos mayores. Nos mantuvimos juntos en nuestro hogar familiar, y juramos proteger a nuestras dos hermanas menores y a nuestra madre, quien estaba a salvo en casa. Prillon Prime permanecía seguro por nosotros. Por todos los que peleaban.

Mis hermanos y yo nos dispersamos días después para servir. Fuimos enviados a sectores distintos del espacio. Como yo, ellos luchaban. Todavía lo hacen. Pero había hecho mi propio juramento ese día, a mis padres muertos, a los dioses, y a mí mismo. Me había comprometido a luchar contra el Enjambre con cada aliento, incluyendo el último. Y no tenía intenciones de romper esa promesa.

Detrás de mí, el oficial de comunicaciones respondió.

—Le pondré al contacto con la C.I, pero me tomará un tiempo, comandante.

—A la mierda con eso. Consígueme al comandante Karter, entonces. Sector 437. —Grigg estaba inquieto, con los brazos cruzados mientras bajaba la mirada hacia el mapa estelar, roto y dividido por una grieta. Este era nuestro hogar. El lugar que debíamos defender. Y la familia Zakar no ha cedido terreno al Enjambre en cientos de años. No teníamos intenciones de empezar ahora—. Los malditos de la C.I no me dirán lo que necesito saber de todos modos.

Eso me hizo sonreír. Grigg no estaba equivocado. Los espías y sus secretos. No me gustaban sus juegos. Prefería conseguir un objetivo y eliminarlo. Grigg y yo éramos bastante parecidos.

Esperamos algunos instantes, pero el oficial de comunicaciones hizo un sonido de sorpresa.

—Lo lamento, capitán Trist, hay un mensaje entrante para usted.

Me volteé y caminé a la estación de control, inclinándome sobre el hombro del oficial. —¿De quién?

Se veía algo incómodo. Extraño. —Esto, Trión, señor.

¿Qué? No conocía a nadie en Trión. Era un extraño planeta lleno de extrañas personas. Vivían en tiendas de campaña, por lo que tenía entendido. Primitivos que gustaban de poner perforaciones de metal en sus mujeres y tratarlas más como mascotas que como compañeras valiosas. No entendía su filosofía, pero no podía discutir que sus mujeres estaban bien protegidas y atendidas. Y los hombres trión eran fieros y dignos luchadores. Aun así, no conocía a nadie de ese mundo.

—¿Sí?

El oficial de comunicaciones se puso tenso mientras el capitán Wyle y el comandante Zakar venían por atrás para ponerse a cada lado de mí.

—Capitán Trist Treval de Prillon Prime, este es el Centro de Procesamiento de Novias Interestelares de Ciudad Xalia, en el planeta Trión. Tengo a su compañera asignada esperando el transporte. Esta comunicación pretende confirmar sus coordenadas según el protocolo del Programa de Novias Interestelares.

—¿Qué?

—¿Estoy hablando con el capitán Trist o su oficial al mando? —La voz calculadora sonaba aburrida, como si esto pasase docenas de veces al día. Pero no a mí. Jamás me había pasado a mí.

Grigg estaba sonriendo.

—Este es el comandante Zakar. Puedo confirmar la localización del capitán Trist. Inicie el transporte.

—Gracias, comandante. El transporte comenzará en breves momentos. Trión fuera.

El comunicador se apagó y yo estaba de pie, aturdido. Los segundos pasaban, luego el comandante me dio una palmada en la espalda. Con fuerza.

—Felicidades, Trist.

¿Compañera? ¿Tenía una compañera? ¿Había sido emparejado? ¿Con una mujer trión?

El capitán Wyle estaba sonriendo como si hubiese matado a alguien.

—Maldición, Trist. Una novia interestelar. —Me dio otra

palmada al otro lado de la espalda. Más duro—. Bastardo suertudo.

Trist, Sala de transporte 3, Batallón Zakar

Estaba solo frente a la plataforma de transporte, el técnico era la única otra persona en la sala. El comandante había estado más que feliz de dejar que me retirase para ver a mi compañera. El capitán Wyle parecía casi... celoso mientras me iba. No sabía qué pensar; no lo entendía. ¿Por qué yo? ¿Por qué ahora? Habían pasado cinco años desde que pasé por esa prueba. Cinco largos años de espera, y ya prácticamente había perdido la esperanza. Había dejado de preguntarme años atrás si algún día conseguiría una compañera. Asumí que era un bastardo imposible y una verdadera unión jamás se produciría.

¿Pero ahora? Maldita sea. De alguna forma, me había acordado de ir al dormitorio a buscar dos collares del armario; en el lugar donde los había dejado cuando Nevo había pedido romper nuestro acuerdo. Cuando el segundo del capitán Myntar fue capturado por el Enjambre, el capitán, junto a su compañera e hijo, habían sido abandonados en la soledad. La muerte de su segundo era precisamente la razón por la que cada hombre Prillon escogía a un segundo. Ninguna mujer o sus niños serían abandonados y desprotegidos.

La tragedia significó que la familia del capitán Drake Myntar necesitaba un segundo protector. Drake era el tercero al mando en el batallón, un buen amigo, y no se le podría negar por más tiempo la protección de una mujer y un hijo más de lo que se le denegaba a un amigo una posibilidad de ser feliz. La señora Mara Myntar era una hermosa mujer Prillon, y había aceptado a Nevo con los brazos abiertos. La nueva familia había estado unida por más de dos años, y su vínculo era fuerte.

Era feliz por Nevo, pero no me había molestado en conseguir otro segundo Prillon. Como no había pensado en ser emparejado nunca, no había considerado a nadie para el papel.

Ahora no tenía tiempo. El zumbido del transporte inminente vibraba a través de mi cuerpo mientras mi compañera aparecía. Ahora.

En un parpadeo estuvo ahí. Tendida sobre el suelo metálico elevado estaba una mujer. Su rostro era delicado y hermoso. Excepcionalmente femenina en comparación a mis agudos bordes. Su cabello era largo y más oscuro que el mío, un marrón oscuro que encontré fascinante. No podía esperar a ver esa seda oscura esparcida por mi pecho dorado. Sus curvas me tentaban a acercarme y acariciar su piel. Ahora. Sus senos eran grandes y redondeados, los pezones eran de un rosado oscuro que combinaba con sus labios.

Ansiaba abrir bien sus piernas y averiguar si su vagina era rosada también. O marrón. O dorada.

Algo primitivo en mí despertó, algo que nunca había sentido. Me sentía *posesivo*. Mi pene se puso duro al instante y todo mi cuerpo se volvió tenso con la necesidad de proteger. Compañera. Reclamar.

Mía.

—¡Mira a otro lado! —gruñí y salté sobre la plataforma

para cubrirla de la vista del técnico de transporte. Por el rabillo del ojo, le vi girarse y mirar a la pared más lejana.

Sabía por otras compañeras que habían sido enviadas del Programa de Novias que las mujeres eran transportadas sin ropa, dejando atrás todo vestigio de su planeta anterior. Era una tradición prillon, una manera de asegurarse de que la mujer estaba totalmente preparada para sumergirse en la vida de Prillon.

Pero ahora, con mi compañera ante mí, inconsciente, vulnerable y con cada centímetro de su suave perfección a la vista, no me gustaba.

—Tráeme una sábana del botiquín de emergencias.

Escuché al técnico moverse, pero solamente la miré a ella. Ni siquiera sabía su nombre. Pensé en preguntarle al técnico quién habría recibido su archivo del centro de procesamiento en Trión, pero decidí esperar. Quería que ella me lo dijese. Quería saber de qué color eran sus ojos, y cómo era el sonido de su voz cuando estuviese gritando mi nombre.

Mi pene se agrandó, se hinchó con la inmediata ansiedad por ella. No iba adornada como normalmente lo estaría una mujer trión, pero quizá sería porque fue emparejada conmigo. No necesitaba piercings ni cadenas, joyas o alguna otra decoración lujosa en mi compañera. Solo mirar a su maravilloso cuerpo era todo lo que necesitaba para estar satisfecho, excitado. Para ser posesivo en extremo.

—¿Capitán?

—¿Qué? —ladré, doblando mi cuerpo sobre ella para que no pudiese ver nada precioso.

—Señor, su manta, pero no puedo subir las escaleras sin mirar.

Él era un Prillon y lo entendía. No recordaba si tenía un

collar, si había sido emparejado o no. Este era un momento que debía haber compartido con un segundo, pero estaba agradecido por esa comprensión, ya que estaba solo. Por ahora. Conseguirle a la preciosa mujer un segundo protector digno sería una de mis principales prioridades... después de reclamarla. Mirándola ahora, sabía que no podría esperar un segundo antes de hacerla mía.

Respeté el buen juicio del técnico al intentar mantener la modestia de mi compañera—y mantener la cabeza sobre los hombros—pero no quería apartar la mirada, incluso por un momento. Irracionalmente, me preocupaba que se pudiese teletransportar lejos. Ella todavía era un sueño, un producto de mi imaginación que cuidaría celosamente.

Era esta ola de celos, de miedo de que podría perderla, lo que causó que recordase los collares. Abrí uno, el verde, que pertenecía a mi familia, y lo puse sobre mi cuello. Solo sentí su peso, y nada más.

Según el protocolo, ella debe estar de acuerdo con ponerse mi collar. Una vez que lo tuviera puesto, tendría treinta días para seducirla. Amarla. Darle todas las razones en el universo para elegir quedarse conmigo.

Llevé la mano hacia atrás de mí ciegamente, agradecido cuando sentí el tacto de una de las suaves sábanas en la palma de mi mano.

—Gracias.

—Por supuesto, capitán. —Escuché las pesadas botas del técnico Prillon volviendo a su estación y confié en que tuviese buen juicio para mantener los ojos lejos. Aun así, la envolví gentilmente en el calor de la sábana y la levanté sobre mis brazos, asombrado ante la exuberante suavidad de las curvas de su cuerpo bajo la tela. Muy suave. Por los dioses, mi pene estaba dolorosamente duro, hinchado y deseando llenarla.

Pero antes, debía aceptar mi collar. Mi derecho a cortejarla. A protegerla. No podía abandonar esta habitación sin el símbolo de mi protección en su cuello, no quería pelear con ningún contrincante por lo que era mío. Con los primitivos instintos encendidos y fuera de control al verla por primera vez, podría matar a cualquiera que tratase de alejarla de mí.

Era un hombre racional. Templado por la batalla. Frío. Me habían llamado distante. Calculador. Más máquina que hombre. Y aun así, cuando la miraba, esa calma no solo se derretía. Se desvanecía como si alguien me hubiese puesto un cañón laser en las tripas y me hubiese prendido en llamas.

—¿Cuándo se despertará? —pregunté. Seguramente este técnico de transporte había visto a otras novias y sabía cuánto tendría que esperar. Aun así, mi inagotable paciencia me había abandonado, junto con la razón, la calma, la certeza...

Estudié sus rasgos, absorbiendo cada detalle. Tallándola en mi mente y memoria. Todo ello mientras pensamientos completamente absurdos daban vueltas en mi cabeza. ¿Qué tal si ella abría los ojos y no estaba complacida con verme? ¿Qué tal si la asustaba? ¿Qué tal...?

—Normalmente en unos minutos, capitán.

Gracias a los dioses, no estaba seguro de que pudiese mantener el control por mucho tiempo. Ella respiraba apaciblemente, pero no se movía. ¿Qué tal si estaba herida? ¿Enferma?

—Capitán, señor. Lamento molestar, pero necesito

despejar la plataforma de transporte. Tenemos provisiones programadas para llegar desde Prillon Prime.

—Por supuesto. —Estaba de pie en medio del área de transporte, observando a la pequeña y frágil mujer. Ciertamente había perdido todos mis sentidos.

El técnico me sonrió mientras bajaba de la plataforma y me dirigía hacia la salida. —Felicitaciones, capitán.

—Gracias por tu ayuda —le dije al técnico mientras caminaba hacia la puerta de transporte. Asentí y seguí caminando. Usando una mano, llevé la sábana hasta su cuello. Si alguien era lo suficientemente tonto como para retarme entre esta sala y mi dormitorio, que así fuese.

5

Trist

SE INCLINÓ LEVEMENTE ANTES de que saliese de la sala y me dirigiese rápidamente a los corredores. Si alguien pensó que era raro que cargase a una mujer inconsciente envuelta meramente por una sábana a través de la nave, nadie lo dijo. Nadie siquiera nos miró con curiosidad mientras pasábamos. Sabia decisión.

Ellos no importaban. Solo importaba mi compañera. ¿Cómo había estado molesto, apenas hace un rato, de recibir las noticias de que había sido emparejado? ¿Por qué no había querido esto? ¿Cómo había sido tan tonto? Pero no tenía segundo. Nadie para protegerla si algo me pasaba.

Gruñí mientras daba una palmada junto a la puerta de mi habitación, abriéndola. Pronto conseguiría a un segundo.

—Oh —dijo ella, con una suave voz. Dulce.

—Hola, compañera. —Felicidad y una fiera actitud protectora se extendían dentro de mí. Compañera.

Ella se agitó, tratando de zafarse de mi agarre.

—Quédate quieta. Te has transportado desde una larga distancia.

—Soy pesada.

Me reí por el comentario, pero entré en mi dormitorio y me fui a sentar sobre la acolchada silla que usaba para leer en la noche antes de dormir. Tomándome mi tiempo, me senté, teniendo cuidado de no incomodarla. Esta era una nueva experiencia, sostener algo tan preciso en mi regazo. Con ella en mis brazos. Estaba contento.

Cuando tomé asiento, miré hacia abajo para encontrarla estudiándome. No había miedo en sus ojos, solo curiosidad. Aceptación.

—Soy Trist, tu compañero.

—Soy Miranda. —Su mirada bajó hacia el collar verde ahora fijado en mi cuello mientras su nombre surcaba mis pensamientos.

Miranda.

—Tu nombre es hermoso, Miranda. Igual que tú.

Sonrió con timidez, sus mejillas adoptaban un intrigante tono rosa mientras ella miraba alrededor. Mi recámara estaba en orden. Todo estaba limpio, organizado, apropiadamente guardado y preparado para la batalla.

—Me habían dicho que sería transportada a una nave de guerra.

Asentí, estudiando la coqueta inclinación de su nariz, y sus oscuras cejas.

—Sí, estás en la nave Zakar. Soy el capitán Trist, segundo al mando. Estas son mis—nuestras—recámaras.

Pediré una transferencia a una habitación más grande una vez que haya elegido a un segundo.

Ella no reaccionó a mi comentario sobre escoger un segundo, y me relajé, disfrutando el momento. Sosteniéndola. Sintiéndola en mis brazos.

—¿Dónde estamos? Nunca he estado en el espacio.

—Sector 17. Está a una gran distancia de tu hogar natal, Trión.

—Ah, esto, bueno, sí. Vine desde Trión, pero soy de la Tierra. Originalmente, quiero decir. He estado viviendo en Trión durante los últimos dos años.

—¿Eres humana? —pregunté, lleno asombro. Eso explicaba los ojos de color extraño y su pequeño tamaño. Era de la Tierra, como la señora Zakar. Sin embargo, no se parecían en nada.

—Sí.

—Explica tu presencia en Trión.

Se movió en mis brazos y le permití sentarse, pero mantuve las manos alrededor de ella. Estaba contento de tenerla en mi regazo, sintiendo su suavidad, respirando su esencia. Mi pene, presionado contra su muslo, y también estaba muy contento de que hablase de su amiga, Natalie, quien se había emparejado a un canciller Trión. Explicó que había acompañado a Natalie y a su nuevo hijo hasta Trión, y había hecho una vida allá por los últimos dos años.

—Así que estuviste en Trión por una amiga y no porque hayas sido emparejada a un guerrero de ese planeta.

Sacudió la cabeza, luego me observó.

—No, no fui emparejada con Trión. Fui emparejada contigo.

Esas palabras en sus labios... dioses, me hicieron querer hacerla mía aún más. Tenía que ponerle mi collar. Ahora.

Quería saber exactamente lo que estaba sintiendo cuando veía esa mirada en sus ojos.

—Se acostumbra que los guerreros Prillon y sus compañeras usen collares de unión.

Su mirada volvió a mi cuello, y estiró sus delicados dedos para sentir el material que había puesto sobre mi cuello.

—Lo sé. He leído sobre eso.

—Una vez que ponga mi collar sobre tu cuello, nuestras pruebas de unión oficial comenzarán. Tendrás treinta días para aceptar mi reclamo o elegir a otro.

—Lo sé.

—Tu collar permanecerá negro—sin nombrar—hasta que seas reclamada oficialmente. Una vez que me aceptes a mí y a mi segundo, tu collar se volverá verde, para combinar con el mío, y serás mía para siempre.

Se mordió el labio, el calor de su tacto apenas bordeaba mi collar. Ese pequeño toque tenía a los músculos de mi cuello tensándose en reacción. Dondequiera que tocase, yo me encendía.

—Vale.

—¿Sí? ¿Aceptas mi derecho sobre ti en el periodo de unión de treinta días?

—Sí, Trist. Quiero el collar. Quiero estar contigo. Fuimos emparejados. Confío en eso. Estoy lista.

Estremeciéndome ante sus simples palabras, levanté el segundo collar y puse la delgada cinta negra en su cuello. Cuando sonó el click, la empecé a sentir.

Mi pecho se sintió como si se hinchara. Mi uniforme estaba demasiado apretado. No podía respirar. Y sin embargo, seguí, permitiendo que el caótico fragor de sus emociones llenara cada espacio vacío dentro de mí. Ella era hermosa. Valiente. Apasionada. La lujuria rugía a través de ella como lo hacía en mí, y sabía que su enlace conmigo aumentaría su deseo hasta que su ansiedad rivalizase con la mía. Sus emociones se movían a través de mí en un deslizamiento sensual dentro de mi cabeza. Ella era suave, femenina, cariñosa, incluso en sus pensamientos. Gentil. Vulnerable. Insegura.

Ese último sentimiento no me gustaba. No solo necesitaba que los hombres en el batallón supieran que ella le pertenecía a alguien, necesitaba que *ella* también supiese la verdad. Era mía. Mi pareja. Mi compañera. Nadie más podría tenerla. El collar probaba mi reclamo, incluso a través de los colores que aún no eran iguales. Lo serían. Haría lo que sea que fuera necesario para asegurar y proteger lo que era mío.

La imagen de esa cinta negra alrededor de su cuello me traía gran satisfacción, rayando en el placer físico. Suspiré, casi relajado. Ella me pertenecía ahora y ningún otro podía ni podría tenerla jamás.

Ella jadeó y sus ojos se encendieron.

—Estás... feliz de que esté aquí.

Sonreí. —Sí, compañera. Muy feliz.

—¿Cómo es que lo sé?

—Los collares, ellos nos unen.

Su mano se levantó hacia su propio cuello, sus pequeños dedos se deslizaban por la suave superficie. —Había oído sobre los collares, sobre la vida prillon, por la guardiana en Trión. Ella dijo que los prillon se unen en parejas. Que tendría dos compañeros.

—Ahora y para siempre soy tu hombre principal —hice una pausa—. Pero la guardiana tenía razón. Deberás tener a dos guerreros que te adoren y protejan.

El deseo incrementó a través del collar y casi gruñí. Dioses, sí, ella lo quería tanto como yo. Frunciendo el ceño levemente, miró a su alrededor.

—¿Quién es mi otro hombre?

—No esperaba tu llegada y actualmente no tengo un segundo. Lo tenía, pero lo liberé de su juramento conmigo.

Ella bajó la mirada y sentí su tristeza. Decepción. ¿Culpa?

Su deseo se marchitó como nunca antes, reemplazado por una dolorosa oscuridad que no era aceptable para mí.

—¿Debido a mí?

Levanté su barbilla, haciendo que me mirara a los ojos.

—No, compañera. Eres perfecta en todo sentido. Sensual. Hermosa. Estoy honrado de ser tuyo. Liberé a Nevo de su juramento hace varios años. Hice las pruebas hace mucho tiempo y había perdido la esperanza de ser emparejado. Le habían pedido ser el segundo de otro compañero que había sido emparejado. Su segundo había sido asesinado por el Enjambre. No deseaba dejar a su mujer desprotegida si algo le pasaba a él, así que le pidió a Nevo unirse a su familia. Es un honor ser confiado el puesto de segundo, de proteger y amar a una mujer. Para Nevo, era la oportunidad de tener una familia que ansiaba. Lo liberé de nuestro acuerdo.

—¿Entonces no quieres un segundo?

Sentí su decepción y supe que probablemente había sido bien emparejada, al menos a Prillon, si necesitaba dos compañeros.

—No temas, compañera. Voy a hacerme cargo de ti, incluyendo el buscar a un segundo para que nunca te quedes sola. Buscaré a alguien digno de ti. De nosotros, como familia.

Sentí cómo la paz corría a través de ella. Satisfacción. La

habilidad de calmar su mente me hizo sentir poderoso y alimentó mi necesidad de control. Sí, ella necesitaba mi orden. Necesitaba la seguridad que podía proveerle.

—Ahora eres mía, Miranda. No te dejaré ir, a menos que me lo exijas en los próximos treinta días.

—¿Hasta entonces? —preguntó, moviendo sus muslos y presionándose contra mi miembro duro.

—Hasta entonces podemos aprender uno del otro. Quisiera besarte.

Lo quería. Desesperadamente.

—Sí.

Me agaché, saboreándola por primera vez. Sus labios eran suaves. Mullidos. Un pequeño aliento jadeante escapó de su garganta, y el sonido me volvió ansioso por más. Así que lo tomé todo. Saqueando. Devastando, todo mientras estaba sobre mi regazo.

Ella era mía. Antes de que terminara el día, lo sabría de muchas formas.

Ah sí, parecía que tener una compañera era mejor de lo que jamás hubiese imaginado.

—Estoy desesperado por ti. Debemos follar ahora.

En lugar de soltar la sábana en el suelo, me miró, y luego estalló en risas.

Arqueé una ceja.

—¿Qué es tan gracioso?

—¿Nada de juegos? ¿Solo... meterlo? —Ella bajó la mirada hacia mis pantalones uniformados—. Estás listo, obviamente. ¿No quieres ver si estoy mojada? ¿Ansiosa?

El pensamiento de su vagina resbaladiza por su desesperación por mí me puso aún más duro. Ella tenía razón. *Estaba* listo. Solo verla desnuda en la plataforma de transporte me hizo querer desplomarme sobre las rodillas y

Dividida entre dos

follarla, tanto allá como aquí. Pero el técnico de transporte no era mi segundo, y no compartiría la vista de su deseo, el sonido de su placer, con nadie que no fuese mi segundo o aquellos elegidos para honrar nuestra ceremonia de unión.

—Estás lista.

Se mordió el labio mientras se apartaba de mi regazo para ponerse frente a mí, con la sábana envuelta de manera protectora sobre su cuerpo. La inclinación de sus labios hacía evidente que trataba de esconder una sonrisa.

—¿Estoy lista porque tú lo ordenas o porque estás seguro de que estoy mojada?

Quería suspirar, pero recordé que era una terrícola primitiva.

—Porque fuimos emparejados con una precisión casi perfecta. No serías mi compañera si no estuvieses ansiosa de ser tomada en la forma en que lo deseo.

Ladeó la cabeza, mirándome a los ojos. —De hecho eso tiene sentido. —Soltó la sábana de tal forma que cayese alrededor de sus desnudos pies.

Ah, una compañera atrevida. A mi pene le gustaba.

—¿Y cómo quieres tomarme?

—Quiero estar bien adentro de ti cuando te corras. Quiero hacerte gritar.

Se estremeció y relamió sus labios como si necesitara otra probada de mí. Dijo algo más. No escuché una sola palabra.

Maldita sea. Era encantadora. Hermosa. Increíble. Líquido pre seminal se derramaba de mi pene solo por mirarla. Oscuros rizos caían sobre sus hombros; su cabello era tan largo que caía hasta la punta de sus senos. Los pezones se endurecieron ante mis ojos y se convirtieron en duros picos rosas. Eran grandes y exuberantes, más que suficientes para saciar mi deseo de chuparlos y bañarlos. Su cintura, aunque suave y curveada, se disminuía y luego se convertía en caderas anchas. No era una mujer pequeña, sino rellenita, perfecta para que un hombre se aferrara a ella mientras la follaba. No cualquier hombre. *Yo.* Y mi segundo también, quien sea que los dioses provean para ella.

—¿Qué? —pregunté, cuando mis ojos finalmente vieron a los suyos, y me di cuenta de que estaba esperando que dijese algo.

—Pregunté si esto es lo normal para cualquier compañera.

Me encogí de hombros.

—No me importan las otras. Solo tú. Tus necesidades son las mías ahora. Necesitas que te toquen, y es mi trabajo el hacerlo. Tu necesidad de correrte y tu placer me pertenecen.

—¿Y qué pasa con tu placer? ¿Es mío?

—Es tuyo, compañera. Al igual que yo soy tuyo.

Maldición, podría venirme solo por estar parado ante ella. Caminé en su dirección, tomé su mano y la guie hacia la habitación. Si íbamos a hablar, podríamos hacerlo acostados. Con ella debajo de mí. O con mi cabeza entre sus piernas.

Si ya hubiera escogido un segundo, ambos nos encargaríamos de ella, usaríamos dos bocas para excitarla, cuatro manos para seducirla y dos penes para follarla. Hasta entonces, la tenía toda para mí. Me entregaría a ella en todas las formas que necesitara. Me detuve, la *sentí.*

—Sí. ¿Puedes sentir mi respuesta? El collar en tu cuello conecta nuestros pensamientos. Percibo tu deseo. Tu ansiedad. ¿No puedes sentir la mía?

Su mano fue hacia el collar negro, sus pequeños dedos

trazaban la sólida línea negra que descansaba en su piel. Solo verlo sobre su cuello envió una llamarada de posesividad que jamás había imaginado. Mía. Esta mujer era mía. Si estaba así de ansioso por ella, ¿qué sentiría y *cómo manejaría* los sentimientos una vez que mi segundo hiciese eco de mi deseo? Cuando ambos sufriéramos por estar con ella. Por llenarla. Follarla. Quererla.

—¿Eso viene de los collares? Pensé... es decir, vaya. Sí, puedo sentir tu ansiedad. Dios, eso es intenso. Me pone... más caliente.

Era mi turno de sonreír.

—Sí, compañera. Así es como es. Cómo *será*. Mi ansiedad alimenta a la tuya, y a cambio, la tuya alimenta a la mía. Puedo percibir tus sentimientos. Felicidad. Tristeza. Dolor. Ansiedad. Todo está ahí para ser compartido por los dos.

—Sin dudas. Sin mentiras —añadió.

—Ninguna. Te doy todo lo que soy, mujer. Y exijo lo mismo de ti. —Ahora me levantaba, alzándome para estar ante su cuerpo desnudo y tocar lo que era mío—. Eres mía. No toleraré secretos entre nosotros. No estoy para juegos. Soy un guerrero de honor, y eres mi compañera.

La declaración se encendió entre nosotros, los collares convertían mi simple afirmación en un ciclo de intercambios de asombrosa intensidad. Mi mujer había necesitado oír esas palabras, las necesitaba con un hambre voraz que no había previsto.

Era una declaración que necesitaba. Yo estaba más que feliz de complacerla. Ella nunca dudaría de mí, o de mi deseo por ella.

Volteándonos a ambos para que su espalda estuviese en la cama, la empujé suavemente entre los senos para que cayese en la blanda cama. Me arrodillé y separé sus piernas con las manos. Lo más que pude. Ahora podía ver su vagina, la piel rosada que *estaba* húmeda para mí. Sentí su ráfaga de excitación al ser tratada con rudeza. Al ver que estaba tomando posesión.

Tomando sus finos tobillos, levanté sus pies para que descansaran al borde de la cama, bien extendidos.

Inclinándome hacia adelante, lamí su entrada. Estaba demasiado lejos. Gruñendo, tiré de sus caderas hacia el borde de la cama.

—Ahí. Ahora puedo comerte la vagina.

—¡Trist! —gritó—. Apenas... Dios, apenas nos conocimos.

Volteé hacia arriba para ver su desnudo cuerpo y me encontré con su mirada sobresaltada. Su cabeza estaba alzada para poder mirarme. Tiró de mi agarre en sus tobillos, pero no para escapar. No percibí nada de miedo o pánico. Solo ansiedad. Sorpresa. Anhelo.

—Sí, y voy a *conocer* tu vagina ahora mismo. Con mi boca.

No dije más, solo aterricé entre sus muslos. La lamí desde el arrugado ano hasta el clítoris. Sus manos fueron hasta mi cabello, enredándose en él. Tirando de él. Su ansiedad comenzó a hervir a fuego lento y se convirtió en el mismísimo infierno en segundos. Sus caderas se levantaban y estampaban contra mi boca. Llevé una mano a su panza, manteniéndola quieta. Con la otra, deslicé un dedo dentro de ella. Estaba apretada. Caliente. Mojada. Perfecta. La atendí, escuchando los sonidos que emitía para ver qué le gustaba. Sentí temblores cuando sacudí su clítoris, cuando encajé mi dedo en un lugar específico de su interior.

—Trist... Dios santo.

Sonreí sobre sus hinchados pliegues, respirando el almizcle en su aroma. La sentí a través de los collares, supe cómo olía, cómo sabía, y podía sentir cómo gustaba venirse. Era mía; la memorizaría y tocaría como si fuese un instrumento.

Suavemente lamí su vagina mientras bajaba la mano, abría mis pantalones y sacaba mi hinchado pene. Era demasiado grande para esos ajustados confines. El líquido pre seminal goteaba sobre mis dedos, y empujé sus caderas, ansioso por llenarla. Le daría mi semilla. Toda la que tenía. Pero ella se vendría primero.

—Te vas a venir, compañera. Ahora.

Volví a chupar y jugar con su clítoris.

—Eres muy mandón, diciéndome cuándo...

La interrumpí con un suave golpe en su sexo y agravé mi voz, como la que hacía en medio de una batalla intensa; la voz que los guerreros curtidos no se atrevían a desafiar. Ella tampoco lo haría. —Ahora.

Con un grito salvaje, su vagina se agitó y apretó mis dedos mientras se corría. Compartí el intenso placer de su orgasmo a través del collar. Nunca había sentido nada como eso, como la conexión que compartíamos porque éramos compañeros. Me hizo venirme también. El espeso semen chorreaba de mi miembro, aterrizando en el suelo entre mis piernas. No me importaba. Estaba orgulloso del hecho de que mi compañera pudiese hacerme perder el control. Pero incluso después de que se vaciaran mis bolas, seguía duro, listo para tomarla. No estaría satisfecho hasta llenarla completamente. Dioses, no estaría satisfecho... nunca.

—Capitán Trist. —La profunda voz venía del sistema de comunicaciones de mi recámara, inmediatamente después de la campana de notificación.

—¿Qué? —rugí.

Mi voz era fuerte y dura. Acababa de venirme, mi cara estaba justo entre los muslos satisfechos y sudados de mi compañera, y me estaban interrumpiendo.

—Capitán, se le requiere en la cubierta de mando.

Era una voz que conocía muy bien, un oficial de apoyo en el departamento de ingeniería. Sentí el cuerpo de Miranda tensándose bajo mi mano, que descansaba en su estómago. Ella bajó la mirada hacia mí, y yo estaba enojado. Sentí su confusión, su sensación de... resignación.

A menos que el comandante Zakar en persona comenzara a aporrear la puerta de mi cuartel privado, el resto de la nave podría arreglárselas hasta que hubiese visto a mi compañera. Estaba ocupado. Muy, muy ocupado.

—Estoy con mi compañera. Dile a tu superior que estoy ocupado y que debería considerarme indispuesto hasta que le informe lo contrario. Esto también va para el resto de la tripulación.

Hubo una pausa. —Entendido. —La campana de notificación volvió a sonar, dejándome saber que la llamada había terminado.

—¿No... no tienes que irte?

—¿Irme a dónde?

Me puse de pie y ella se levantó, apoyándose con los codos. Subió la mirada para verme. Dios, era hermosa; un rubor rosado se propagaba desde sus mejillas hasta sus senos. Se veía satisfecha, pero decepcionada. ¿Sería por mi habilidad? ¿Por el placer que le di? Eso no podría ser. No permitiría que saliese de mi cama hasta que estuviera bien satisfecha.

—¿No debes ayudar a atender la nave? Eres un oficial. ¿No te necesitan?

Su pequeña mueca de confusión era adorable. Vulnerable. Sentí su incertidumbre; la dolorosa herida, el miedo de que le causaría dolor de algún modo. Eso era inaceptable.

—No tanto como te necesito a ti, compañera. —Me quité las botas, luego me desnudé, lanzando el uniforme al suelo sin que me importase en dónde iba a caer.

—¿No vas a ir? ¿Qué tal si algo va mal? ¿No tienes un deber para con todos en la nave?

La conmoción emocional que me zarandeaba a través del collar me causaba un dolor en el pecho que no se iba. No era mi dolor. Era el de ella.

¿Qué idiota la había hecho sentir de esta manera? ¿Como si no fuera una prioridad? Como si tuviera algún deber aparte de cuidar de ella. Serviría en esta nave. Lucharía contra el Enjambre. Pero mientras antes había estado peleando por mi gente, ahora pelearía por ella. Mataría por ella.

—Mi único deber es contigo, Miranda. Ahora eres mía. Tienes mi collar. Lucharé por ti. Mataré por ti. Moriré por protegerte. Entonces, ¿irme? ¿Dejarte desnuda y vulnerable en mi cama porque alguien quiere que revise cómo va el mantenimiento de las mejoras de un motor? Absolutamente no. Mi prioridad eres tú. El momento en que aceptaste mi reclamo, compañera, te volviste la cosa más importante de mi mundo. —Dirigí la mirada a su sexo, empapado e hinchado—. Tú, compañera, y saciar a ese codicioso coñito.

Percibí cómo se desvanecían todas sus preocupaciones y me sentí... sorprendido. Aun así sabía que ella necesitaba escucharlo otra vez. Y otra vez. —Nada es más importante para mí que tú, compañera. Nada.

Bajando mis labios sobre su pie, la besé. Luego en la

pantorrilla. Detrás de su rodilla. Su muslo. Su piel era suave en todas partes, justo como lo había imaginado.

—Trist —dijo mi nombre y rugí, chupándole el clítoris, reclamándola otra vez. Dioses, su sabor era como el néctar más dulce. Mía. Ella era mía. Y nada me apartaría de este momento, de saborearla, tocarla, follarla. Llenarla con mi semilla.

Sus dedos se enredaron en mi cabello, tirando de él con un dolor punzante que me volvía loco. Ella arqueó su espalda y gemía mientras su deseo me inundaba.

Deseo. Lujuria. Ansiedad. Una agonía de excitación que le había entregado.

Pero más allá de eso, el sutil dolor perduraba como un fantasma que atormentaba su mente; un fantasma con el que estaba determinado a acabar. Ella era mía ahora, y nadie la volvería a lastimar jamás.

6

Miranda

Subiendo la mirada para ver a mi nuevo compañero, no podía creer que esto realmente estuviera pasándome. Había pasado de toda la nave. Por mí. Se había desnudado, desprendiéndose del uniforme de la Coalición para ser mío. No podría ir a salvar el mundo desnudo.

No podía creer que fuera mío. Real y verdaderamente mío. Lo había conocido hace menos de una hora, y sin embargo sabía que estaba totalmente dedicado a mí. El completamente descabellado enlace psíquico entre nosotros por medio de los collares era como alguna clase de milagro. Podía *sentir* lo que él estaba sintiendo. Con cada palabra sabía que hablaba en serio. Sabía exactamente cuánto me deseaba.

Solo a mí. La verdad de ello era innegable y nunca había

sentido nada como eso. Nadie me había querido en la forma que él lo hizo. Nadie. Ni siquiera...

No. No iba a pensar en *él*. No ahora, con este precioso capitán prillon entre las piernas.

Y es que, cielos, era *guapísimo*. Grande y dorado, y con músculos sobre sus músculos. Se veía como lo que era: un guerrero. Un alien, con sus perfilados rasgos y ojos intensos. Pero esa intensidad hacía que mi cuerpo se abrasase como nunca lo había hecho. Y estaba totalmente concentrada en mí. En mi vagina. Ay, *demonios*.

¿Qué haría cuando fueran dos compañeros quienes me mirasen así? ¿Ansiándome? ¿Queriéndome y tocándome y follándome?

Casi me vine otra vez solo por pensar en ello. Podía esperar. Trist Treval, capitán y guerrero prillon, ahora era más que suficiente para mí. Sus emociones me ahogaban... en la mejor forma posible.

¿Era esto lo que Natalie sentía con Roark? ¿Como si fuese el centro de su mundo? ¿Su todo? Ella no tenía un collar para sentir sus emociones, pero era obvio cada vez que lo pillaba mirándola. Claro, ellos habían pasado por mucho; se habían separado cuando ella se transportó de vuelta a la Tierra, pensando que estaba muerto. Su lazo había sido puesto a prueba... y no se rompió.

Trist besó mi pie y mis pensamientos volvieron a él, a las más suaves caricias. Había besado *mi pie*. Luego mi pierna. Estaba abriéndose paso por mi cuerpo hacia mi voraz sexo— se sentía demasiado voraz por su enorme pene—y sabía a dónde iba y exactamente lo que iba a hacer. Iba a lamer y chuparme y hacer que me corriera, hacer que suplicase y lloriqueara y me rindiese ante él de todas las formas posibles.

Quería que me dominase, que me *necesitara*, exigiendo que se lo entregase todo. Sabía que era diferente de otras mujeres en ese sentido, pero necesitaba que me dejase sin aliento y sudorosa y completamente a su merced. Lo *necesitaba*. Desesperadamente, casi tan desesperadamente como necesitaba resistir el impulso de llorar. *Esto* era el porqué me había convertido en una Novia Interestelar. La devoción que sentía en él a través del collar, la fiereza de sus protectores y posesivos instintos. La manera posesiva en que sus manos se movían sobre mi piel, la manera en que su boca se unía a mí sin freno ni pretexto.

Del modo en el que Brax me había tomado.

Maldita sea, ahí estaba otra vez. Pero aparté el pensamiento y me concentré en el calor dorado del cabello de Trist entre mis muslos. Me estiré, pasando mis dedos por los sedosos mechones de pelo. Cuando su lengua hizo un mágico remolino, tiré de él, manteniéndolo quieto mientras levantaba los muslos.

Mi cuerpo era todo lo que él había querido. Cuando Trist dijo que era su prioridad, lo decía en serio. Cuando dijo que pelearía por mí, mataría por mí y *moriría* por mí, él hablaba en serio con cada afirmación. Podía *sentir* su empeño mientras su boca se cerraba en mí, mientras sus dedos se deslizaban dentro de mi vagina y me impulsaban a venirme. Él lo *necesitaba* de mí, saber que podía satisfacerme, ser quien dispusiera todo, incluidos los orgasmos.

Arqueé la espalda, sin poder controlar los sonidos desesperados que salían de mi garganta mientras él encontraba mi punto G, y luego doblaba los dedos.

—Trist —dije su nombre, recordándome que este era Trist, no Brax. Mi *compañero*. Era mío. Realmente mío. Su cuerpo era mío. Su pene era mío. Su corazón también sería mío.

Esta devoción total de un compañero era lo que quería, lo que me había estado perdiendo al estar en Trión. Trist era todo lo que había querido. ¿Por qué seguía recordándome esto?

¿Y por qué me dolía?

Él gruñó y levantó la cabeza, besando mi cuerpo y subiendo a través de él, dejando un rastro pegajoso de mi excitación hasta que se cernió sobre mí; su gran pene presionaba firmemente la entrada de mi húmeda cueva. Cuando pensé que avanzaría, se detuvo, inclinándose sobre mí. Miré a sus ojos dorados y me paralicé ante la cruda devoción que vi en ellos. Mis muslos se sacudieron y la cabeza de su miembro acarició mi piel.

Dios, estos collares prillon eran intensos. No habría forma de esconderle nada. Ni mi miedo. Ni mi ansiedad. Ni mi deseo. Tampoco, esperaba que algún día, mi amor.

Como si hubiera leído el pensamiento en mi cabeza, su cara se ablandó.

—Siento el dolor dentro de ti, Miranda. Estás aquí ahora, conmigo. Tendré que calmarlo. Es mi deber. Mi privilegio es hacer que se vaya. Tendré que hacerlo todo para verte feliz. Prometo que nunca necesitarás sentirlo de nuevo. No conmigo.

Eso era todo. No pude detener el torrente de lágrimas que había estado reteniendo y se deslizaron por mis mejillas. Él se volvió borroso y parpadeé, tratando de apartarlas.

—Lo siento. Te necesito. No quise hacerte sentir...

Sus labios interrumpieron mi protesta, y yo me perdí en la suave exploración por largos minutos. Cuando me encontré derretida como mantequilla, cuando mis manos se aferraban a sus firmes nalgas y trataba de hacerle llenar mi vagina deseosa con su largo miembro, él se apartó y me miró a los ojos una vez más. Él no entraría en mí, no todavía, y en ese momento me di cuenta de que él estaba a cargo.

—Eres mía, Miranda. Mía para proteger. Mía para cuidar. Escucharé cuando me cuentes tu pasado, compañera. Lo escucharé todo. Sabré lo que ocasiona este dolor.

Sacudí la cabeza hasta que volvió a besarme y supe a través de la conexión de nuestro collar que se estaba frenando, que su cuerpo, sus cadenas, *le* estaban causando dolor físico. Yo sufría, así que *él* sufría. El exigiría que cediese toda la verdad sobre mí. Y su determinación alivió algo en mí que no había entendido que estaba desgarrado.

En ese momento, supe que su promesa hacia mí era inquebrantable. Llevaba una hora aquí y yo era suya, y él era mío. Todo lo que tenía que hacer era decir que sí, aceptar su reclamo. Su control, su voluntad inquebrantable, me rodearía y protegería. Siempre.

—Soy tuya, Trist —exhalé—. Tu compañera. Y tú eres mío.

Su cuerpo se tensó y sentí el cambio en sus emociones ante mi afirmación. Había estado como el hielo hace un momento. Ahora sentía una explosión creciendo en su mente, una ruptura del control, no porque fuera débil, sino porque yo necesitaba que él me tomase. Que fuera salvaje. Que me follara hasta que no pudiese recordar mi propio nombre.

—Todo de ti es mío, compañera. Cuerpo y mente. No permitiré nada menos que eso.

—¿Y también mi corazón? —pregunté, levantando una mano para recorrer su mejilla con el dedo.

Levantó la cabeza y me besó la palma.

—Eso me lo ganaré, pero debo tenerlo.

Para ser un rudo guerrero alien, él era lindo; así como una especie de súper depredador. Y se lo dije.

—No soy lindo, compañera. —Con una sonrisa que era casi diabólica, arremetió hacia adelante. Lentamente. Se detuvo a mitad del camino, lo suficiente para estirarme a su alrededor, abriéndome para él, pero no lo suficiente para estar satisfecha. *No. No. No. No pares.*

Se cernió sobre mí, mirando mi rostro mientras me llenaba, analizándome, observando mi reacción. Sentía como si estuviese memorizándome; memorizando lo que me gustaba, lo que quería.

Pero no era suficiente el tenerlo abriéndome, haciendo que mis paredes se ondularan y contrajesen a su alrededor, tratando de que entrara más. Necesitaba sentir como si se lo estuviese dando todo. No podía explicarlo, no me entendía a mí misma lo suficiente para pedirle hacer algo diferente, así que levanté los brazos sobre la cabeza y los mantuve ahí, exponiéndome a él en todo sentido. Entregándome a él.

Sus ojos se encendieron con comprensión, y con un fuerte impulso, me llenó hasta el borde del dolor. La punta de su pene golpeaba en lo más profundo de mí.

Todo mi cuerpo se movía en la cama, mis senos se meneaban mientras la fuerza de su embestida me movía de arriba abajo. No moví los brazos. Le dejé tenerme, le dejé darme lo que quería, le dejé memorizarme y sentir lo que necesitaba por su cuenta.

Más duro. Más profundo. Estaba al borde y él se mantenía sobre mí, mirándome como un depredador. Sentí su placer, su admiración. El pensamiento de que era hermosa y maravillosa. Exótica. Podía sentir su deseo a través del collar, al igual que él probablemente podía sentir mi frustración. Mi necesidad de correrme.

Estaba al borde, en camino hacia un orgasmo, pero no era suficiente. Necesitaba... más. Me retorcí y jadeé, me moví y apreté las manos con fuerza.

—Dime lo que necesitas, compañera. —Su orden era casi un gruñido.

¿Cómo podía decirle que quería que fuese mandón y exigente? ¿Que mi cuerpo estaba esperando que él me concediese permiso para que yo estallara? ¿Que quería que él me atrapara y me nalgueara y pusiera pinzas en mis pezones y clítoris? ¿Cómo se suponía que se lo dijese ahora? Era demasiado para lanzarle en nuestra primera vez juntos. Y esperaba que eso no fuese un problema cuando escogiera a un segundo. Dos sensuales compañeros. Dos penes follándome y llenándome.

El pensamiento de cabalgar dos compañeros, tomarlos a ambos al mismo tiempo, nubló mi mente y mi cuerpo respondió, humedeciéndose más, acercándose más. Pero todavía. No. Llegaba.

—Ahhh. —El sonido era mitad urgencia irracional y mitad algo de frustración de mi parte.

—Malditos sean los dioses, *vas* a decirme lo que necesitas. —Me tomó las muñecas, una en cada una de sus grandes manos, y las puso sobre mi cabeza firmemente. Traté de moverlas, pero no pude. Me mantuvo presa mientras dejaba de moverse, con el pene enterrado bien adentro.

—Ahora —gruñó—. Dímelo.

Sujetada, con su pene inmóvil y clavado en mí, y bajo la orden de obedecer, mi orgasmo me azotó como una explosión; yo me resistí debajo de él mientras sus ojos se abrían de par en par. Un grito escapó de mis labios por el hecho de que no hubiese tenido opción ni control. Esa sola palabra, *ahora*, era una orden que había obedecido. Inmovilizada en la cama por su pene y manos, no tenía opción. No la quería, pero me entregué a él por ella. Necesitaba el consuelo, la seguridad de su dominio y poder. Podía ceder, entregarle *todo*. Sentí su asombro cuando todo se reveló a través del collar, cuando sintió mi orgasmo muy dentro de él junto con las ondulantes paredes de mi sexo. Su mandíbula se apretó y mi placer lo lanzó por el borde conmigo.

7

Brax, habitaciones privadas del canciller Roark y Natalie, Ciudad Xalia, Trión

Omití la campana que normalmente usaría para indicar mi presencia y aporreé la puerta con el puño. No me importaba si era la puerta de Roark, o que él fuese mi oficial superior. No me importaba que él fuese el canciller de todo el Continente del Sur o si él podría considerar mi comportamiento grosero o irrespetuoso. No me importaba nada excepto que abriese la maldita puerta.

Cuando no vino, golpeé un poco más. Luego más. Más fuerte. Si no abría la puerta pronto, la echaría abajo.

Finalmente, se deslizó para abrirse silenciosamente y ahí estaba Roark con su nueva hija, Talia, en los brazos. Me miró listo para matarme, era aterrador... hasta que mirabas a la pequeña recién nacida que estaba sosteniendo. Ella era pura inocencia y dulzura, un contraste que yo no había perdido. Me sentía de la misma forma cuando estaba con

Miranda: amable, y sin embargo ferozmente protector a la vez. La manera en que Roark me fulminó con la mirada fue algo que nunca había visto mientras servía. Sus palabras me impresionaron todavía más.

—Si despertaste a Noah de su siesta, serás paralizado con mi pistola de iones hasta que te mees encima.

Sí, él hablaba mortalmente en serio sobre el insulto de despertar a su pequeño hijo.

Bueno, no estaba de humor para juegos, y necesitaba más las respuestas de lo que temía a Roark y su pistola de iones.

—¿Dónde está Miranda? ¿Y quién *diablos* es el soldado de la Coalición que vive actualmente en el cuartel de Miranda?

Tenía suerte de que no hubiera entrado por la fuerza. Solo su total confusión cuando mencioné el nombre de Miranda le había salvado de una gran paliza. No tenía idea de dónde estaba Miranda. Ninguna.

Lo que significaba que se había ido. A dónde, no tenía idea. Pero ella era mía y la encontraría. No me importaba si había sido transferida a los desiertos o las montañas, iría a dondequiera que fuese, le pondría mis adornos encima y la haría regresar a casa, a Ciudad Xalia, donde pertenecía. En mi cama. En mi casa. Había renunciado a mi encargo con la Central de Inteligencia, le dije a Roark que el desastre pirata en el sur sería mi última misión. Él no había cuestionado mi decisión. No había preguntado por qué. Lo que tomé como un implícito consentimiento. Él sabía que había estado en una relación con Miranda, la mejor amiga terrícola de su compañera, la tía honoraria de su hijo. Miranda era familia para Roark y su compañera, lo que significaba que el canciller tenía que saber a dónde había ido. Y si Roark no sabía, su compañera, Natalie, sí lo sabría.

Roark me analizó, meciendo calladamente a su infante en los brazos.

—Ese soldado es un delegado del hemisferio norte para la reunión anual de las alianzas regionales —dijo, con la ceja levantada. No vestía con su usual uniforme, sino con unos simples pantalones negros y túnica gris. La bebé en sus brazos tenía la claridad del cabello y la piel de su madre, pero me miraba con los mismos ojos oscuros de Roark. El hecho de que estuviera babeando el brazo de su padre era suficiente indicio de que no estaba escuchando nada de lo que decíamos. Podía dejar salir algunas profanidades frente a ella; pero no frente a su hermano mayor, quien repetía cada grosería cuando la escuchaba, con entusiasmo.

—No me importa de dónde es —repliqué, lleno de frustración y sarcasmo—. ¿Dónde está Miranda?

—¿Por qué te interesa?

No fue Roark quien preguntó, sino Natalie. Ella fue junto a su compañero, con Noah a su lado; el cabello del pequeño estaba alborotado por dormir. Él sostenía su mano, mirándome con ojos curiosos. Me conocía, pero parecía estar en esa etapa de necesitar algo de tiempo para orientarse al ser despertado súbitamente antes de estar listo para ello.

—¿Debería matarle, compañera, por despertar a Noah? —preguntó Roark, bajando la mirada hacia su pequeña compañera.

Ella sacudió la cabeza, y le ofreció una pequeña sonrisa. Cuando él se giró para verme, la tierna mirada se desvaneció para ser reemplazada con una mueca poco amigable.

—No. Ya estaba despierto cuando tocaron a la puerta.

Roark suspiró y dio un paso atrás, dejándome pasar, probablemente dándose cuenta de que no sería disuadido. Le ofrecí una reverencia en agradecimiento y pasé a sus espaciosos cuarteles. Había juguetes esparcidos por el suelo, una mesa de tamaño infantil y sillitas bajo una ventana con vista a la ciudad, y un pequeño plato y taza sobre ella. Parecía que era ahí donde Noah tenía su merienda post-siesta.

—Me importa porque Miranda es mía —dije, volteándome para mirar a la familia de cuatro, pero hablándole a Natalie directamente.

Eran un perfecto grupo familiar. Roark, fuerte, poderoso y valiente, quien protegía ferozmente a aquellos a quienes amaba. Talia, a quien él había recostado en una manta en el suelo, con sus piernitas moviéndose en el aire. Natalie, quien portaba orgullosamente su medallón pendiendo de una cadena entre los senos. Estaban ocultos bajo un top blanco, pero ya varias veces se había vestido para ocasiones formales con vestidos con escotes pronunciados que mostraban los emblemas de Roark adornándola. Noah, quien tenía dos años, era igual que su padre; cuidaba ferozmente a las mujeres. Iba y se paraba junto a su hermana, imitando la postura de piernas abiertas que hacía su padre, mientras la cuidaba. De mí. Alguien con quien su madre estaba evidentemente disgustada.

La esquina de mi boca se levantó con orgullo hacia el pequeño de dos años. Él crecería y sería fuerte y valiente. Quería un hijo al que guiar y ayudar a crecer hasta ser un poderoso luchador, que protegería algún día a una compañera propia.

—¿Tuya? —Natalie sacudió la cabeza—. Llegas tarde, Brax.

—¿Qué significa eso?

Entendí sus palabras, pero la frase terrícola no era una que hubiese escuchado antes. Llegar tarde era una mala costumbre de los terrícolas. ¿Acaso Natalie creía que había dejado sola a Miranda? Eso no tenía sentido, y no es algo que haría un compañero honorable.

—Ella no es tuya. Nunca te perteneció —dijo Natalie, sacándome de mis pensamientos. Se sentó cruzada de brazos y con una furiosa mueca en la cara; era evidente que estaba muy molesta conmigo. Su pie tocaba repetidamente el suelo con un ritmo que me irritaba aun más.

—¿Dónde está?

—No te incumbe. —Alzó una ceja—. Y le pertenece a alguien más ahora. Alguien que cuidará de ella apropiadamente.

Sus palabras llegaron hasta mí y me enderecé. Me puse rígido.

—¿Quieres decir que le pertenece a ese idiota que está en sus cuarteles? Sobre mi cadáver.

Natalie bufó.

—Eso puede organizarse —murmuró, cambiando su atención a la punta de sus dedos, lo que me pareció extraño, hasta que me di cuenta de que era una táctica para ignorarme. Estaba siendo *rechazado*.

—*Gara* —advirtió Roark.

—Nada de *gara*, compañero. Ella no era nada para él. Amigos con derecho. Él tuvo su oportunidad. ¿Cuánto debe esperar una chica?

Natalie se negó a verme, mirando a su compañero en su lugar. Él se encogió y volteó a verme.

—¿Amigos con derecho? —le pregunté. ¿Qué *diablos*

significaba eso? Era otro término terrícola que no había escuchado de Miranda o Natalie.

—Follamigos. —Su mirada estaba claramente puesta en mí—. Amigos con beneficios. Sexo sin ataduras.

—Las ataduras son peligrosas, compañera. Por supuesto que no sería tan irresponsable con el cuerpo de Miranda.

—No lo entiendes, Brax. Ella lo superó. Llegas muy tarde.

—Maldita sea... —gruñí, tratando de entender la frase terrícola— ¿Le pertenece a ese soldado?

—No, claro que no —Natalie estalló—. Y cuida tu boca en frente de mi hijo.

Ella me fulminó con la mirada, pero se ablandó cuando Noah se sentó junto a su hermana, que estaba irritable ahora, y sostuvo su mano. No me atreví a señalar que también había dicho una grosería. Estaba tratando de conseguir información de la mujer, y no estaba cooperando.

Roark vino a mi rescate.

—Él se quedó con sus cuarteles luego de que se transportara.

Mi aliento se detuvo.

—¿Transporte? A dónde *diablos*...

Natalie me miró con ira.

¿Dónde estaba Miranda? ¿Se había transportado a otro continente? ¿Se fue a casa, en la Tierra? ¿A quién tendría que amenazar para conseguir una aprobación de transporte para ir tras ella? A nadie. Al menos hasta saber a dónde se había ido mi compañera.

—Me disculpo —dije rápidamente con una ligera reverencia, bajando la mirada a Noah—. ¿A dónde se fue, Natalie? ¿Dónde está ahora?

—A una nave de guerra en el Sector 17 —soltó Roark.

¿Sector 17? ¿Por qué iría hasta allá? Nada tenía sentido. Fruncí el ceño y pasé mi mano por mi pelo.

—No lo entiendo. Eso está en medio de una guerra con el Enjambre. ¿Por qué la enviaste para allá? —le pregunté a Roark.

—Porque no la querías —dijo Natalie—. No la querías como tu compañera, así que consiguió a un hombre digno que sí la quiso.

—¿De qué estás hablando? —Eso no tenía sentido—. Ella es mía. Claro que la quiero. Es mi compañera.

Natalie movió la cabeza y no había señal de mentira en su mirada.

—No. No lo es. Se ofreció como novia. Fue emparejada con un guerrero prillon en el Sector 17. Es su compañera ahora. Estaba ahí cuando se transportó.

Diablos. ¡Mierda!

—¿Cuándo?

—Ayer.

—Dime que esto es una broma.

Natalie entrecerró los ojos. Miré a Roark. Él no sonreía en lo absoluto.

Talia se quejó y Noah saltó, corrió hacia su madre y la llevó hasta la bebé para que ella pudiera cuidarla. Natalie tomó a la bebé y regresó al sofá donde posicionó a la recién nacida en medio de su desabrochada camisa para amamantarla.

Roark fue para allá, levantó a Noah y le sonrió, dándole palmaditas en la espalda.

—Buen trabajo, hijo. Estoy orgulloso de cómo cuidas a tus mujeres. —Noah sonrió a su padre, y luego le dio un abrazo en el cuello con sus pequeñas y gorditas manos.

Roark lo bajó al suelo y despeinó su cabello antes de que el niño corriera a la mesita a comerse su merienda.

—¿Miranda fue emparejada con un guerrero prillon? —¿Cómo? ¿Cómo era eso posible?—. Pero... ¡ella es mía!

Noah apartó la mirada de su comida y me miró con los ojos bien abiertos. No estaba acostumbrado a atenuar mis emociones frente a los niños y este era un momento complicado para hacerlo. Mi mujer había sido asignada. A alguien más. En una nave de guerra. A años luz de distancia.

—No la querías. Ella estaba cansada de esperar. —Natalie ofreció una explicación.

—¿Que no la quería? Claro que la quería.

—No le pediste que fuera tu compañera.

—Nunca quiso serlo. Siempre dijo que quería algo casual. Simple.

—Sí, bueno, eres un idiota.

Noah soltó una risita y Natalie le sonrió.

Volteé los ojos.

—¿Todavía no has aprendido que cuando una mujer terrícola dice algo, quiere decir otra cosa? —preguntó Roark.

—¡Eh! —Natalie le regañó—. Eso no es verdad. —Cuando Roark le ofreció una mirada que no entendía, ella añadió—: No siempre es cierto.

—¿Me estáis diciendo que quiso ser mi compañera todo este tiempo y nunca me lo dijo?

Pasé la mano por mi cabello otra vez, tirando de él. Había sido mía, en mi cama, debajo de mí. Había gritado mi nombre con placer, suplicado por mí, por mi pene. Pero ni una vez había dicho que quería ser mi compañera. Ella me había querido y sin embargo... le pertenecía a alguien más.

—Nunca le dijiste que querías que fuese tuya —replicó Natalie.

No lo hice. Ni una vez. Incluso le había dicho la última vez, en el columpio, mientras mi pene estaba enterrado en ella, que algún día encontraría un compañero que la adornaría cómo debería estarlo. No había dicho que era yo. *Diablos*, en ese momento no me había dado cuenta de que quería que fuese yo.

Pero ahora sí.

—Volví esta vez para decírselo.

—Ella te lo preguntó antes de que te fueras a esa misión en el sur. Te preguntó si estabas listo para tomar una compañera —Natalie se burló—. Incluso le dijiste lo hermosa se vería cuando *otro hombre*, su *futuro hombre* la adornase.

Malditos sean los dioses. Sí lo hice. La conversación se reprodujo en mi mente. Ella había cerrado los ojos, y yo había estado demasiado distraído por su cuerpo para prestar atención a sus necesidades. La había malentendido. Le fallé como hombre.

—¿Vosotras las mujeres hablan de cada momento íntimo? Esa conversación era privada.

—Sí, lo hablamos con nuestras mejores amigas. Yo la amo. Ella es como mi hermana. Y le rompiste el corazón.

—Esa no era mi intención...

Natalie me interrumpió; aparentemente no había terminado de clavarme el cuchillo en el corazón.

—Estuviste en la ciudad por dos días y esta es la primera vez que fuiste a buscarla.

—¿Cómo lo sabes?

Estaba asombrado y algo nervioso por su conocimiento sobre mis movimientos.

—Porque ese soldado ha estado en sus cuarteles desde que ella se teletransportó. Habrías venido antes si le hubieses tocado la puerta antes.

Eso era cierto.

—Renuncié —dije sencillamente.

Roark asintió, fue a sentarse con las piernas cruzadas en el suelo junto a su hijo, que se sentaba en la silla de la mesa infantil. Se miraban a los ojos y Roark le dio un mordisco a algo que estaba en la mesa y luego se lo metió en la boca.

—Lo hizo —aclaró, cuando parecía como si Natalie no me creyese—. Renunció. Me dijo que cuando volviera no aceptaría más misiones, que iba a sentar cabeza y tomar una compañera.

Natalie se quedó sin aliento.

—¿Por qué no me lo dijiste?

Roark se encogió de hombros.

—Lo que está hecho, hecho está, compañera. No me consultaste cuando Miranda tomó la decisión de volverse una Novia Interestelar. No tenía conocimiento de su decisión hasta que ya se había transportado a la nave Zakar. Lo que está hecho no puede deshacerse. —Él me miró, con sincero arrepentimiento en el rostro—. Entiendo tu dolor, hermano, pero ella se ha ido.

—¿Por qué no se lo dijiste? —preguntó Natalie. Su voz se suavizó notablemente, pero no había perdón en su rostro, solo lástima.

—Porque quería que mi última misión se completase. No quería tener que dejarla otra vez, ni por un solo día, y tenía que dejar Trión para un interrogatorio con la C.I. No fui a buscarla porque no estaba ahí.

—Lo lamento, Brax. Ella está emparejada —dijo—. El

trato está hecho. Una vez que aceptó la unión, ya no hay vuelta atrás.

—Y un demonio —dije. Fui hasta la puerta, moviendo la mano sobre el panel para abrirlo.

—¡Espera! —gritó ella mientras la puerta se deslizaba—. ¿A dónde vas?

—A la nave del Sector 17. Ella es mía. Debo reclamarla y traerla a casa.

—Pero ella está emparejada con otro —dijo Natalie una vez más.

—No me importa el protocolo. Ella es mía. No la dejaré ir.

Roark me miró desde donde estaba, sentado con su hijo.

—Te deseo suerte, Brax. Pero el guerrero prillon que la ha reclamado con su segundo puede no dejarte vivir lo suficiente para convencerla de regresar a Trión.

—Es mía.

La puerta se abrió antes de que Roark pudiera formular otra protesta. No estaba asustado de que hubiera tomado lo que era mío. Miranda era una compleja y hermosa mujer. La conocía, conocía sus necesidades. Él no sabría nada, y yo me aseguraría de probárselo a Miranda y al idiota que pensó que podría satisfacerla mejor que yo.

8

Miranda, Nave Zakar, cubierta de mando

EL COMANDANTE GRIGG ZAKAR, el jefe de Trist, era enorme y algo aterrador. Habría estado más asustada si no fuera por la igualmente intensa mujer que estaba a su lado. Amanda era humana, venía de casa. Habían pasado dos años desde que había estado en la Tierra, pero todavía era *casa*. Pero ahora, con Trist, incluso después de tan poco tiempo, sentía que mi casa era donde él estuviese.

—Soy la primera novia de la Tierra que fue enviada al espacio —dijo, sonriendo orgullosamente hacia Grigg. Había ido a Trión con Natalie. Solo podía imaginar lo asustada que debía haber estado para hacerlo sola. Pero tener a su compañero esperándola tras el transporte... Si fue siquiera un poco como Trist, entonces la habría calmado al instante.

El comandante aclaró su garganta, y aunque bajaba la

mirada hacia Amanda con amor en los ojos, sus palabras eran un recordatorio.

—Para espiarme, compañera.

Sorprendida, mi cabeza se volteó hacia un lado como si fuera un cachorro sorprendido, pero no podía evitarlo.

—¿Eras una espía? —pregunté, observándola. Usaba un bonito y largo vestido azul, y no se veía para nada como una espía, aunque no tenía idea de cómo se veía uno.

—De la CIA —afirmó—. Se suponía que viniese aquí fuera, robara tecnología armamentística y juzgara si el Enjambre era una posible amenaza.

Maldita sea.

—¿Qué? ¿El Enjambre una amenaza para la Tierra? —Había oído del Enjambre, por supuesto. Todos lo han hecho, pero nunca había visto a alguno de ellos. Ni había estado tan cerca de la guerra—. Nunca me había acercado al sitio de lucha. Estaba en Trión. —Como si eso lo explicara—. No he visto a ninguno de ellos. Ni había estado cerca de una batalla. Pero estar en esta nave…

Trist se inclinó, susurrando.

—Estaremos en el frente, pero prometo mantenerte a salvo.

Los oscuros ojos café de Amanda se nublaban y se estremeció.

—El Enjambre es la maldad encarnada, Miranda.

El pensamiento me dejó algo mareada hasta que la mano de Trist aterrizó en mi cintura y me atrajo hacia él. Me di cuenta de que el Comandante Zakar hizo lo mismo con su compañera y ella se fundió con él como si fuera una parte suya. Muy íntimos y familiares. Sus collares eran idénticos; tenían un intenso color azul, lo que significaba que ella había aceptado su unión y había sido reclamada.

Dios, estos collares eran algo más. Las mujeres terrícolas venderían sus almas por esta mierda. ¿Saber lo que un hombre realmente pensaba y sentía? Sin esconder nada. Sin mentiras. Trist no escondía nada de mí; ni su actitud protectora, ni su deseo. Me quería, y él se aseguraba de que lo supiera en cada segundo del día. Debía preguntarme si había una diferencia, algo aún más intenso, una vez que los colores fuesen los mismos...

Subiendo la mano, toqué el mío en la zona sobre la que descansaba en mi piel. No se sentía como un collar; no como lo habría imaginado. Una gargantilla, algo que no me dejaría respirar. Que me asfixiaría, incluso. Pero este se sentía como parte de mí, parte de mi piel. Como si se hubiera fundido en mi piel y se hubiese hecho parte de mí... así como Trist comenzaba a sentirse para mí. Era como si nos volviéramos uno solo.

Amanda, la señora Zakar, rio y el sonido me recordó a casa.

—Es una locura, ¿verdad? —preguntó, llamando mi atención y meneando las cejas. Sabía exactamente a lo que se refería.

—Una locura. Las mujeres matarían por esto allá en casa. —Pronuncié mis pensamientos en voz alta.

—¿Verdad que sí? —sonrió.

El comandante me miró con una expresión concentrada.

—Las mujeres no deberían matar a nadie. ¿A qué te refieres, señora Treval?

¿Señora Treval?

Maldición. ¿Yo era la *señora Treval*? Y me di cuenta, mientras me daba cuenta de cada miembro de la tripulación en la cubierta de mando tratando de espiarnos, que estaba de pie aquí hablándole al comandante de *todo* el batallón, y que mi compañero era segundo al mando. Como el vicepresidente de toda un área del espacio.

Trist me había dado algunos detalles sobre los roles de una nave de guerra, así que no estaba totalmente perdida, gracias a Dios. Incluso había dicho que la señora Zakar era la oficial de más alto rango en el apartado civil. Una gran responsabilidad, especialmente ahora que tenía una idea de lo grande era esta nave después de salir de los cuarteles de Trist a la cubierta de mando. Y esta era una de tantas naves.

¿Eso quería decir que era la segunda al mando de todos los asuntos de convivencia cotidianos? ¿Qué se supone que haga? No estaba hecha para ser líder. Claro, era mandona como cualquiera, pero no como Trist. Para nada. Amaba mi trabajo de profesora. ¿Siquiera tenían profesoras aquí afuera? ¿Escuelas? Seguramente tenían escuelas. ¿Cómo se veía una escuela en una nave espacial?

Amanda soltó una risita y le dio una palmadita al brazo de Grigg.

—Dialecto terrícola, compañero.

Respondió con una pequeña inclinación, como si eso lo explicara todo. Quizá lo hacía, pues no todo se traducía en la UPN. Incluso un gran y poderoso prillon no lo entendía todo. ¿Quizás por eso lo dijo, para confundir a su compañero de vez en cuando?

Me mordí el labio y traté de no sonreír. Estaba asombrada y muy, muy feliz de saber que me agradaba mucho Amanda. Tendría una amiga aquí. Trist y el comandante habían estado sirviendo juntos por más de diez años, o eso es lo que dijo Trist. Extrañaba a Natalie y estaba aliviada de encontrar a una mujer de la Tierra aquí en el espacio. No éramos de la misma ciudad, no habíamos ido a la misma escuela, pero estar en el Sector 17 del espacio, sabiendo que ella era una chica de la Tierra, hacía que se sintiera como mi nueva mejor amiga.

Al menos ella sabría la diferencia entre Thor y Spiderman y podría hablar de chocolate conmigo. Trist me dio un golpecito con el hombro.

—¿Qué?

—El comandante te hizo una pregunta, compañera. — Bajó la cabeza para sonreírme, así que supe que no estaba en muchos problemas, quizá porque él podía sentir mi felicidad por encontrar una amiga burbujeando por mis venas como agua efervescente.

¿Pregunta? Mierda. *No* podía recordar lo que me había preguntado. Ni siquiera lo había oído, había estado muy perdida en mis pensamientos.

Amanda le dio otra palmadita al brazo de Grigg y se apiadó de mí, respondiendo.

—Los collares. Decíamos, compañero, en jerga, que muchas mujeres en la Tierra matarían por poner las manos encima de unos collares de unión prillon.

Uno de los oficiales que no había notado antes se recostó en su asiento e hizo contacto visual mientras habló por primera vez.

—Deme las coordenadas, comandante, debo establecer el curso hacia la Tierra de inmediato. No nos gustaría que ninguna mujer sufriese cuando tenemos una multitud de hombres que están dispuestos a ponerles el collar y reclamarlas en lugar de esperar por sus novias.

Ahora el comandante entendía que estaba bromeando, pero obviamente el oficial no. El comandante Zakar sacudió la cabeza y frunció el ceño a su pareja.

—Estás formando problemas a propósito.

Ella me guiñó el ojo, así que supe que no debía preocuparme.

—No te preocupes, Grigg, puedes darme nalgadas después por portarme mal.

Sus palabras me asombraron y me pusieron caliente. Ella *quería* unas nalgadas de su compañero. Quería ser dominada por él. Apreté los muslos, y los sentí resbaladizos por mi deseo y el semen de Trist.

Los ojos de Grigg se oscurecieron en seguida mientras enterraba la mano en su cabello y alzaba su cabeza suavemente; el oficial quedó en el olvido.

—No creas que no lo haré, compañera.

Ella se rio e inclinó la cabeza contra su mano.

—Promesas, promesas.

Él gruñó y aparté la mirada, aunque, bueno, no necesitaba notar el bulto que se formaba en sus pantalones. ¿Y la idea de esas nalgadas? No de Gregg dándome alguna, sino Trist, con su enorme mano en mi culo. Quizá estaría en cuatro patas, o quizá estaría acostada sobre sus piernas. Sobre un escritorio, o incluso parada con las manos en la pared. Dios. Demasiado caliente.

Y en ese momento, el collar jugó en mi contra. O en mi favor. No había decidido todavía cuando Trist se inclinó para suspirar en mi oreja.

—Puedo sentir cómo la idea te excita, compañera. Un deseo que habré de explorar más tarde. —Su mano bajó, tomando mi culo y dándole un apretón rápido.

—Comandante, tenemos un problema.

La rápida y eficiente voz rompió el ambiente juguetón en la sala y el comandante Zakar caminó hasta el oficial que lo había llamado. Pronto estaba agachado sobre una pantalla en una profunda discusión con los dos oficiales más cercanos a él.

Amanda me dio un abrazo rápido.

—Me voy. Tengo un montón de trabajo que hacer, pero no puedo ni decirte lo emocionada que estoy de tener ahora a una amiga que viene de casa.

Sonreí.

—Yo igual.

—Hablaremos pronto, ¿está bien?

Asentí y ella se despidió y dejó la cubierta. Trist me llevó a una esquina apartada mientras el proceso de manejar una nave se reanudaba a nuestro alrededor.

A pesar de la seria atmósfera—*estaba* parada en la cubierta de una nave en el espacio exterior—mi respiración se entrecortó mientras él me apretaba las caderas, deslizando su palma solo un poco más abajo para cubrir mi culo donde nadie podía ver.

—Trist —suspiré, meneando las caderas.

Puso el antebrazo contra la pared junto a mi cabeza y se agachó para que nos viéramos a los ojos.

—Cuidado, compañera, o tendremos un desafío justo aquí en la cubierta de mando.

Eso me sacó de mi estupor lascivo. Trist era peligroso... en un *muy* buen sentido. Todo lo que tenía que hacer era acariciarme y ya me paralizaba. O más bien me derretía. Él era muy seguro. No mantenía mi guardia alta, no frenaba mis emociones. No sentía como que tuviera que preocuparme de que me dejase, así que no intentaba ser algo que no era. No trataba de esconder cómo me sentía, como si eso fuera siquiera posible con él. *Estaba* sola. O lo había estado. Y estaba excitada. Todavía lo estoy. Y feliz de pertenecerle a alguien por primera vez en mi vida.

—No estoy haciendo nada.

Él se rió y sus labios rozaron mi oreja.

—Mira a tu alrededor, compañera. Cada hombre soltero en esta cubierta de mando tiene los ojos puestos en ti. El pobre cadete de allá va a perder los suyos si no los aparta de tus senos.

Jadeé, mi mirada voló hacia el muchacho que me había hablado hace unos momentos, solo para descubrir que mi compañero decía la verdad. El prillon *estaba* observando. A mí. Y cuando le miré, no apartó la vista. No, él me vio y mantuvo la mirada, sin esconder nada de su deseo. Su mano libre bajó hacia su pene y se giró para darme una vista completa de todo lo que tenía para ofrecer bajo el uniforme.

—Ah, yo no...

Mierda.

Me giré hacia Trist y usé su gran cuerpo para esconder el brillante rubor rojo que podía sentir arrastrándose por mi cara.

—No sé qué hacer. No quise hacer eso, o sea, estoy contigo y *nunca*...

No quería ofenderle o hacerle pensar que estaba tratando de ligarme a otros chicos. No había hecho nada y estos soldados eran valientes. ¿Era este un comportamiento normal en una nave? ¿En una zona de guerra? Madre mía.

—Te desea —dijo Trist sencillamente.

Bueno, eso era obvio.

—Pero no lo entiendo. ¿Se portan de esa manera para faltarte el respeto? Es algo imbécil hacerlo.

—Se ha corrido la voz de que me han emparejado. No es un suceso común. Ni lo es que un prillon no tenga segundo. Ellos quieren el cargo. Quieren ser tu segundo.

Mis ojos se abrieron.

—Pensé que elegirías a tu segundo. Que una vez que usara tu collar, nadie me molestaría.

Levantó una mano para tomar mi mejilla.

—Hay muchos guerreros dignos aquí. Él es uno de ellos. Ya que no tengo segundo, varios intentarán ganar tu atención. No es una ofensa para mí si son valientes. Me agradaría asegurarme de que estás segura con la elección. Mientras que el hombre que elijas sea un guerrero digno y protector, estaría honrado de aceptarle como segundo.

—Ese hombre acaba de tocarse el pene en los pantalones, me mostró que estaba duro por mí. ¿Eso no te molesta?

—¿A ti te molesta?

Su mirada tranquila recorrió mi rostro, deteniéndose como si estuviera *sintiendo* mi respuesta.

No estaba interesada en el guerrero. No estaba interesada en nadie de la nave excepto en Trist. Pero esto era nuevo. ¿Estaba con un compañero y podía elegir al segundo? ¿En frente de él? Me sentía como una swinger.

—¿Se supone que elija?

El pánico brotó desde la nada y no pude llevar aire a mis pulmones. Esto era demasiado. No quería eso. Eso no era el porqué estaba aquí. Sus brazos me rodearon incluso mientras mi cabeza se sacudía violentamente.

—No, no quiero hacerlo. No conozco a ninguno de ellos. Estoy segura de que el guerrero de allá es agradable y todo, pero no. Yo no... —Las heridas frescas infligidas por Brax crecían dentro de mí como lava quemándome las entrañas hasta hacerlas cenizas—. No soy buena escogiendo hombres, Trist. Los hombres que elijo siempre me lastiman. Por eso fui al programa de novias.

La ira aumentó dentro de él ante mis palabras como lo hacía una furia protectora que, en lugar de hacerme temerle, hizo que me derritiese en sus brazos. Su mano acarició mi cabello mientras me recostaba contra su cuerpo. Su mano se movió de mi trasero a mi espalda baja para mantenerme cerca.

—Ya, compañera. Me encargaré de ello. Elegiré a un hombre digno para que sea tu segundo.

El momento en que las palabras salieron de su boca, me relajé aliviada. Gracias a Dios. No quería esa clase de presión. No *conocía* a ninguno de estos guerreros. Nunca había conocido a ningún alien fuera de Trión, y eso apenas contaba. Sí, los triones eran más grandes que los humanos y bastante perversos, pero no tenían tentáculos ni penes purpura o extremidades extrañas. No es que Trist las tuviera. Pero los aliens en general eran hombres grandes, calientes y dominantes que amaban follar a sus mujeres hasta que se sometieran.

Trist y el comandante Zakar eran los primeros *aliens* de verdad con los que había hablado. Apenas conocía nada de Prillon Prime o esta nave de guerra, o de los guerreros que servían aquí. Sabía que Trist era mío y me protegería. Y yo me aferraba a ese conocimiento con una abrumadora fuerza mental que no sabía que poseía. Él era mío. No quería escoger a un alien que apenas conocía como segundo compañero cuando Trist había estado peleando y sirviendo con estos guerreros por años. Confiaría en su juicio. Sabía que cuidaría de mí. Podía *sentir* su determinación, su devoción. Su obsesiva necesidad de cuidarme. Y me hizo sentir contenta por primera vez en mi vida. Segura. Cómoda.

—No me importa a quién elijas, Trist. Confío en tu elección. Solo me importa que eres mío.

Su pequeño temblor me llego momentos antes de que sus emociones me hicieran querer agarrarme el pecho. Le había complacido. Y no solo eso, el dolor que vino a mí a través de los collares era viejo, una herida dentro de él que de alguna forma había abierto.

—Lo lamento. No quise herirte.

Sus brazos se tensaron.

—A veces las cosas deben romperse para poder sanar.

Pensé en Brax y entendía exactamente de qué estaba hablando.

El comandante Zakar se levantó y miró a Trist.

—Lamento interrumpir, capitán, pero necesito que le eche un ojo a esto.

Trist asintió y envolvió mi mano en la suya, guiándome detrás de él. Con la atención masculina que estaba consiguiendo, me alegraba no separarme de él.

—¿Qué pasa?

—Hemos perdido contacto con la nave de carga 564.

Un tipo enorme que asumí era una de las bestias atlán estaba parado junto a un oficial que utilizaba alguna clase de escáner. No se veía como el radar que había visto en las películas. Más bien era una proyección tridimensional a todo color de la nave y el espacio a nuestro alrededor... detrás de una pantalla. Era muy genial. Nunca había visto nada igual.

Trist se tensó, su mano se apretó en la mía y sentí algo disparándose en el collar antes de que él lo apagara; algo frío, y luego no sentí nada.

—¿Por cuánto tiempo?

El atlán revisó la pantalla.

—Dos horas.

El comandante Zakar ya no se veía como un hombre amigable, sino como un guerrero listo para destrozar a alguien en docenas de pedazos y verle sangrar.

—¿Y la última patrulla de reconocimiento?

—Desaparecida, señor. Nada por los últimos veinte minutos.

—Malditos sean los dioses. —El comandante Zakar miró al atlán—. Envía un equipo de reconocimiento para allá, ahora. Todo un contingente atlán de protección. —Se volteó hacia Trist—. Quiero a cada nave en el grupo reportando cada quince minutos. Si se retrasan un solo minuto, quiero saberlo.

—Sí, señor. —Trist se volteó hacia el hombre que me había estado mostrando su... equipo—. Envía la orden. Reportes de quince minutos, sin excepciones. Voy a llevar a mi compañera a los cuarteles. Regresaré pronto.

—Sí, capitán.

Trist se volteó a verme.

—Debo llevarte de regreso. Lo siento, Miranda. Debo trabajar.

Toda la plataforma de mando estaba tan cargada de tensión que me estaban dando nauseas solo por estar ahí.

—¿Qué ocurre?

—Nuestra gente está desapareciendo —dijo simplemente—. Esa es la tercera nave que se ha quedado en silencio por los últimos dos días.

Fruncí el ceño. ¿Cómo una nave desaparecía del espacio? No es como si hubiera algún lugar para que se escondiese.

—¿Desaparecida? ¿Cómo? Eso no tiene sentido.

Me besó rápidamente en los labios y me sacó al pasillo, explicando mientras caminábamos con paso rápido.

—El Enjambre. Han desarrollado alguna clase de tecnología de camuflaje y no podemos detectar su nave. Deben estar abordando nuestras naves y tomando a nuestra gente justo bajo nuestras narices.

Me apresuré junto a él.

—Eso es terrible. Iré a conseguir algo para comer y tomaré una siesta. Leeré. Estaré bien durante el tiempo que te necesiten.

Nuestros cuarteles personales no estaban lejos y segundos después mi cuerpo estaba presionado contra la puerta.

—Pero te necesito. —Se inclinó a besarme, fuerte y rápido y tan profundamente que mis rodillas fallaron. Claro, me atrapó, inclinándose en mí aun más, así que tenía una sólida puerta detrás de mí y su igualmente sólido cuerpo en frente. Y me besó una vez más.

—Quita tus manos de mi compañera, prillon.

Trist se congeló, le daba la espalda a quien sea que haya hablado. No podía ver a través de su enorme pecho, pero no necesitaba hacerlo. *Conocía* aquella voz.

Brax.

Trist se volteó y me puso detrás de él en un abrir y cerrar de ojos.

—Seguridad, cuarteles personales. Código siete. —La voz de Trist tenía la fuerza de un látigo.

—¡Espera! —dije, tratando de escabullirme detrás de él —. Lo conozco.

—Es cierto, ella es mía —dijo Brax, aunque aún tenía que verle.

Trist rugió e inmovilizó a Brax contra la pared cogiéndole por el cuello. Ya que él era un prillon de dos metros y Brax... no lo era, sus pies no tocaban el suelo.

—¡No! No lo lastimes.

Aunque estaba molesta con Brax, no quería que le

pasara nada. Tampoco quería que Trist lastimase a alguien por mí. Él podrá ser un guerrero, pero no necesitaba eso en su consciencia.

—Ella es mía. —Brax estaba loco, aunque su garganta estaba siendo apretada lo suficientemente fuerte para que su rostro adquiriese manchas de color púrpura.

—Ella es mía —respondió Trist.

Tres guerreros llegaron por el pasillo, con las armas desenfundadas.

Trist me miró.

—No le mataré, pero me va a responder.

Lo liberó de su agarre y los pies de Brax golpearon el suelo.

—Llévenselo.

Observé mientras el grupo de seguridad le arrastraba, pero su mirada estaba puesta en mí. Y no necesitaba un collar para entender la mirada en sus ojos. *Mía.*

Oh, Dios, esto era un problema.

9

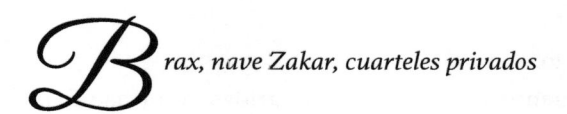

Brax, nave Zakar, cuarteles privados

Bien podría haber estado en el calabozo. Estos vacíos y simples cuarteles eran como una prisión, porque estaba encerrado. Incluso si hiciera que la puerta se abriese, un guardia prillon estaba vigilando justo afuera, bajo las órdenes del capitán Trist. Miranda estaba en esta nave, en los cuarteles personales del capitán. Y no solo era un maldito prillon, sino el segundo al mando de todo el batallón.

Vaya suerte. Primero, Miranda fue asignada a Prillon; pero aún peor, a un bastardo estricto, inflexible y calculador.

Que era, pensándolo bien, justo el tipo de hombre al que ella respondería. Era una verdadera sumisa, en cuerpo y alma. Mientras más fuerte su hombre, más segura se sentiría.

Solo ahora, atrapado en esta maldita sala, me di cuenta

de la verdad. No le había dado lo que necesitaba cuando era mía. Pero la amaba. No me rendiría. Y mi error era uno que no volvería a cometer.

La pequeña sala era similar a los cuarteles de los soldados en Trión, excepto que la vista era diferente. Había estado en suficientes misiones para acostumbrarme a las naves de guerra, otros planetas y cuarteles utilitarios. Cuarteles *vacíos*. Estar solo nunca me había molestado. Hasta ahora, hasta que me había quitado la venda de los ojos. Ahora no quería estar solo. Quería compartir mi espacio, mi vida. Con Miranda. Había usado sus coordenadas de transporte y la seguí, ansioso por hacerla mía.

Pero cuando los había visto… besándose, enloquecí. Ella era *mía*, no de un prillon de dos metros. Puede haber sido emparejada con él, puede haber estado chupándole los labios hasta arrancárselos, pero me pertenecía. Ella respondía a mí, a mi tacto, mi pene. Ella amaba ser adornada y follada, que le dieran algo de dolor para maximizar su placer. Conocía su cuerpo. Solo no había conocido su corazón hasta que fue muy tarde.

No era muy tarde. Estampé las manos contra la ventana, tratando de lidiar con mi frustración cuando no tenía a nadie más para culpar.

Pensaba en el gran imbécil, su pareja asignada. Él volteó a mirarme, cubrió a Miranda con su cuerpo e instantáneamente supe que era suya también. Él la protegería con su vida, había estado deseando hacerlo justo ahí. Pero no quería a Miranda muerta. Solo la quería.

Admiraba su necesidad de mantenerla a salvo, lo respetaba por ello, pero no era necesario conmigo. No le haría daño alguno. Pero quizá lo había hecho. Quizá la había lastimado de la peor forma. No físicamente, sino emocionalmente, y él lo sabía. Él tenía un jodido collar en su cuello, lo que significaba que al menos había sentido su reacción al verme otra vez, al haber escuchado mi voz.

No necesitaba un collar para saber que el jadeo que había escuchado estaba lleno de dolor. Sorpresa. Arrepentimiento. Y supe, por la forma en que ella se aferró a él por consuelo, por seguridad, que ella era suya, también.

Llamó a los guardias instantáneamente, luego se llevó a Miranda a sus cuarteles. Sí, era un bastardo protector. Por la mirada en su rostro, ella se había molestado; no estaba seguro de si la molestia estaba dirigida a mí o al mangoneo del grandote, y no estuvo feliz de estar en los cuarteles. Sola. Había visto el collar en su cuello, me di cuenta de que no era del mismo color que el suyo.

Él se agachó, le susurró algo al oído, y luego la besó una vez más. Ante mis ojos, la vi calmarse, ceder a sus deseos. Ella me miró y alzó la barbilla con ese gesto desafiante que conocía muy bien, luego la puerta se cerró entre nosotros. Sí, estaba enojada conmigo.

Los guardias habían llegado. Dos guerreros prillon: uno a quien Trist había ordenado permanecer fuera de sus cuarteles, y el otro que nos siguió por el pasillo. Trist no había dicho una palabra, solo señaló y empezó a caminar. Si dejaba a Miranda sola, entonces tenía confianza en que estaría segura. Quizá no me gustara él, pero tenía confianza en la protección de su compañera.

Maldición, no era su compañera. *Mi compañera*.

La pistola de iones que estaba en su cintura y la que el otro guardia había sostenido había sido suficientes para hacer que me moviese. Yo era el extraño aquí, aunque fuese *mi compañera* de la que me alejaron. Estaba reproduciéndolo una y otra vez en mi cabeza porque era verdad, aunque la situación fuese un desastre.

Había estado atrapado por cuatro horas. Encarcelado. Esperando sin nada que hacer excepto enfadarme más y más. Conmigo. No con ella. Nunca con ella.

Caminé, miraba por la ventana a la infinita extensión del espacio, la distancia que había estado entre Miranda y yo desde que la cagué por completo.

¿Estaría follando con Miranda ahora? ¿Me puso aquí para volver con ella, para hacer que me olvidase? Cuando le pusiera las manos encima yo...

La puerta se abrió y *él* entró a la sala.

—Eres Valck Brax de Trión. Un doctor, pero parece que tus deberes han ido más allá de la medicina. —El prillon debía tener más de dos metros. Tenía los rasgos rectangulares de su raza y una tez clara. También tenía el rígido porte de un soldado, de alguien que siempre estaba en control, siempre al mando. Era lo requerido para aquellos que sirven en las naves de guerra, de lo contrario no podrían con la carga emocional.

—¿Eso es lo que has estado haciendo todo este tiempo? ¿Revisando mi expediente? —respondí, cruzándome de brazos.

—Hemos perdido una nave de carga por el Enjambre. Tu pasado no ha sido una prioridad.

Mis hombros se inclinaron hacia atrás ante la seriedad del problema entre manos.

—¿Ha sido recuperada? —pregunté. Aunque Miranda era la cosa más importante en mi vida, sabía que estaba segura. Él no estaría aquí, de lo contrario. Pero había muchos soldados en una nave de carga. Había vidas que estaban en juego. No menospreciaría su servicio por ser mezquino.

—No. No discutiría esto contigo, pero veo que tienes un nivel de acceso alto a la C.I.

—Sí. —Este prillon no estaba jugando. Y si conocía mi nivel de acceso, el suyo debía ser... más alto.

—Ha habido varios ataques desde la pérdida de la nave Varsten en el sector 436. Por ahora, tenemos operativos de la C.I y a nuestros mejores equipos científicos trabajando en resolver el problema. Tengo algunas horas para atender a Miranda. Es hora de que me concentre en mi compañera y lo que es mejor para ella.

Apreté la mandíbula cuando dijo esas palabras, *mi compañera*. Las había dicho con énfasis y no me cabía duda de que lo había hecho muy a propósito. Sí, él la tenía. Ella era su compañera. Utilizaba el collar y él también. Aunque no había hecho el reclamo oficial—sabía que tenía treinta días para decidir—ella le pertenecía. Era suya para proteger. Suya para llevarla a la cama. Suya para seducirla y conocerla y convencerla de aceptar su reclamo.

Yo era el intruso aquí. Solo debía cambiar eso. Pero tenía un enorme prillon en medio del camino para hacer que Miranda entendiese que me había equivocado.

—¿Miranda no debería juzgar lo que es mejor para ella? —respondí, dando un paso hacia él.

—Sé lo que quiere, lo que necesita. Ella me confió su vida y su felicidad.

Arqueé una ceja. ¿La relajada y tranquila mujer que conocí? ¿La que dijo que no me alejaría de mi trabajo, que éramos amigos con derecho?

—¿Lo hizo? ¿De la misma forma en que me suplicó tomarla? ¿Tocarla? ¿Besarla?

—No hiciste más que causarle dolor. No te le vas a acercar.

—La única forma en que la toqué fue para su placer. —No debí haber dicho esas palabras, sabía que eran equivocadas, que estaba siendo un imbécil, pero quería apuñalar a este guerrero arrogante que tenía lo que era mío. Mi mujer. Mi compañera. Ella era mía. —Le encantó cada minuto, prillon. Es mía.

Sus ojos se entrecerraron y cada parte de su cuerpo se tensó. Ni siquiera tuve tiempo de parpadear antes de que conectara un puño en mi cara.

¡Mierda! Me tambaleé hacia atrás y puse la mano en mi nariz. Estaba rota. La sangre corría bajo mi barbilla y mi camisa. Dolía como el infierno, pero no iba a detenerme; no era nada que una varita ReGen no arregle. Pero una varita no arreglaría lo que rompí en Miranda. Solo palabras, acciones de mi parte, la sanarían.

Su respiración estaba entrecortada, sus puños apretados.

—Ella no quiere lo que ofreces. Ella anhela estructura. Dominio. Anhela la seguridad de que será valorada por encima de los demás. Ella no era nada para ti, trión. Ella eligió dejarte. Eligió venir conmigo.

Cada palabra que dijo era como una puñalada en el estómago, y el dolor era peor que un golpe físico. Era cierto. Todo era cierto. Ella había elegido abandonarme; buscarle a él. Pertenecerle. Era un golpe tan directo como aquel a mi nariz.

—Tenía un trabajo que hacer, un deber para con mi pueblo.

Asintió una vez. —Lo entiendo. Incluso lo respeto. Pero pusiste las necesidades de otros por encima de las de tu compañera.

—Tienes razón. Es por eso que estoy aquí. He renunciado. Me alejé de todo eso. Por ella. Ella es primero ahora.

—Sí, lo es —declaró el capitán—. Pero no contigo. No la veré herida.

—Quiero hablar con ella. Disculparme. Recordarle lo que compartimos. Lo que necesita de mí.

—Ella no necesita nada de ti —estalló—. Tiene un compañero.

—Necesita mi roce. Lo anhela. Necesita sentir una pinza en el clítoris. El resplandor de las joyas en sus pezones empedrados. La apretada sensación de mis correas alrededor de sus muñecas mientras la follo.

Entonces corrió para atacarme, pero me lo estaba esperando. Giré a un lado y evité el golpe de su puño derecho, pero me tomó con el izquierdo. Nos estampamos contra las ventanas y le di un golpe en el estómago.

Un jadeo abandonó sus pulmones, pero no hizo nada para incapacitarlo. Él era grande, resistente. Jodidamente sólido. Un oponente formidable. Era más alto, por lo que me agaché y corrí, aferrándome a sus piernas y volcándolo como un frondoso árbol de Viken.

Golpeó el suelo con un ruido sordo, la pequeña mesa junto al sofá se fue hacia un lado. Una lámpara cayó al suelo con un estruendo.

De espaldas, lanzó un golpe hacia arriba, atacando mis costillas.

—La tuviste, Brax. Era tuya y aun así era tan infeliz que te dejó. Si fueras un hombre honorable, te alejarías. —Las palabras eran feroces, pero también lo fue mi puñetazo. Golpeé la cuenca de sus ojos, mis nudillos dolían por el golpe.

—No soy honorable, maldición. No cuando se trata de protegerla.

Bufó y sus dientes rechinaron.

—Ella es mía. No puedes competir contra la precisión de los protocolos de emparejamiento. ¡Regresa a Trión!

Me atrajo hacia él y me empujó. Volé a través de la habitación y aterricé sobre el culo, pero me puse de pie instantáneamente. Recuperé el aliento, limpiándome la nariz con el revés de la mano. El sangrado disminuyó hasta hacerse un hilo.

Él se puso de pie y me fulminó con los ojos.

—Ella es mía. Es una novia prillon. Escogeré un segundo y la cuidaremos. Vete a casa, doctor. Ella no te pertenece. Ya no.

Sacudí la cabeza, escupiendo la sangre de mi boca al suelo.

—No. La amo y ella también me ama. Dos días contigo no cambiarán ese hecho. Es *mía*. Su corazón es mío. Su cuerpo es mío. Esto no es Viken, guerrero. No la compartiré con dos más. Es mía y volverá a Trión conmigo.

Él negó con la cabeza.

—Ella no irá a Trión. Está emparejada con Prillon Prime. Conmigo. Ella quiere dos compañeros. No tres.

—¿Entonces dónde diablos está tu segundo? ¿Está con ella? ¿La está follando mientras peleamos? —Apunté a la puerta. Como si la hubiese conjurado, la puerta se abrió y ahí estaba ella. Detrás, tenía a los guardias de antes, aunque cuando vino a los cuarteles, ellos permanecieron afuera.

Ella observó la habitación, el desastre que hicimos, mi nariz sangrante, el ojo del guerrero, el cual se volvía negro rápidamente por la fuerza de mi puño.

—¿Qué demonios creéis que estáis haciendo?

Volteamos para verla, parados uno junto al otro. Maldición, era más linda de lo que recordaba. Su cabello oscuro era largo y caía por su espalda, su vestido verde y oscuro le quedaba perfecto. Su rostro, aunque enfadado, tenía un brillo en él. Se veía suave y ruborizada, como si estuviese... contenta.

—Estamos peleando —dijo el guerrero.

—¿Vais a sacaros los penes para medirlos?

Mis cejas se elevaron ante la pregunta.

—¿Deseas comparar nuestros penes?

Ella bufó, sus ojos se centraron en mí con repulsión absoluta. Desdeño. Ira. Y... dolor.

—Compañera, mírame —dijo Trist.

Miranda respondió instantáneamente a la orden y volteó a verlo, su mirada se ablandó y sus ojos se volvieron vidriosos con emociones que no trató de esconder de él. No de mí. De él.

Maldición.

—Sé que la pregunta tiene uno de esos términos terrícolas que no se procesan, pero la referencia literal es lo que comprendemos. ¿Deseas comparar nuestros penes?

Hizo la misma pregunta que yo y lo miré rápidamente. No podía leerle, pero parecía que ambos tenían una conversación a través de los collares.

Miranda mordió su regordete labio inferior.

—No. Eso es ridículo. Ese era el punto.

Dio un paso hacia ella.

—Compañera. Puedo sentirte, recuérdalo. Siento tu necesidad por él. También siento el dolor. Ese es el dolor que he sentido todo este tiempo.

Ella me miró, asintiendo.

—Lo voy a matar.

Podrá ser más grande, pero eso no va a pasar.

—Trist, no. No lo quiero muerto.

—¿Qué es lo que quieres? —preguntó.

—Ella quiere que la adorne, que le ponga aros en los pezones y que mi medallón la marque como mía.

Miranda suspiró. Trist—ese era el nombre del maldito— gruñó.

—Ella es mía, doctor. Acércate un paso más o afirma tu reclamo hacia ella una vez más, y te voy a matar.

—Eso la lastimaría, capitán. Ella me ama. Es mía.

Trist se dio la vuelta, mirándome. Esperé furia. Pasión. Unas ansias por matar. En su lugar, me encontré con una fría y calculadora precisión. Era un maldito témpano de hielo. Irrompible. Incorruptible. Sólido.

Miranda se deslizó a su lado y cogió su mano, ya sea para su propio consuelo o para prevenir que el prillon llevase a cabo su amenaza de acabar con mi vida. No estaba seguro. Pero ya no había duda, era suya. Se veía en la forma en que se inclinaba en él, en que obedecía sus órdenes, la manera en que le miraba, le tocaba.

Maldición. Sería necesario un cambio de estrategia...

10

Miranda

No podía creer lo que estaba viendo. La habitación, si así se le podía llamar después de que estos dos la hubiesen destruido, parecía un vertedero para cosas rotas. La mesa estaba aplastada, el sofá despedazado en varios lugares. Cualquier cosa frágil o irrompible estaba en pedazos sobre el suelo y los hombres que me importaban estaban sangrando por los cortes y rasguños en sus caras, brazos y puños.

Sin duda, también estaban heridos y sangrando en el interior.

Idiotas.

Apreté la mano de Trist y me recosté en él mientras la tensión se desvanecía de la habitación. Esto era algo que jamás imaginé que pasaría. Ni en un millón o mil millones de años. Nunca. Los amaba a ambos. Era terrible, porque solo podía quedarme con uno de ellos, y con la mano de Trist alrededor de la mía, sabía a quién iba a escoger si tenía que hacerlo. Su devoción a mí, su cuidado, su fuerza de voluntad es lo que necesitaba, más de lo que necesitaba el sexo salvaje, pinzas en los pezones y correas de cuero atándome a la mesa mientras Brax me folla.

Tenerles a ambos sería bueno. No me iba a mentir. Pero no parecía que eso fuese posible. Y estaría bien con ello. Tenía que estarlo.

—¿Qué demonios creéis que estáis haciendo?

Puse las manos en las caderas, sintiendo la sedosa suavidad del vestido verde y oscuro bajo mis manos. Trist me había puesto este vestido en la mañana. Se había tomado su tiempo, lavando cada parte de mi cuerpo en su extraña ducha con tubo y luego pidió el vestido en la extraña máquina S-Gen, que era como un cuadrado negro, que estaba en la esquina de nuestro dormitorio. Todo era diferente en la nave. Más pequeño, compacto, excepto por los prillones. Ahí todo era más grande, incluyendo el tamaño de la misma habitación. *Nuestra* habitación. *Nuestra cama*. Algo que nunca había tenido con Brax, algo que necesitaba para llenar el dolor del vacío en mi interior. No la habitación, digo, sino la compañía a largo plazo.

Había venido aquí, a estos cuarteles de invitados a los que Brax había sido asignado, para explicárselo. No iba a volver a Trión con él. Aún lo amaba. No podía evitarlo. Le había dado mi cuerpo sin reservas y llegado a respetarlo no solo como amante, sino como un hombre honorable. Él era un doctor y un guerrero, pero jamás iba a elegirle antes que a Trist. Me había reconciliado con ese hecho. Incluso me hice la prueba, busqué una pareja y me transporté por media galaxia.

El cariño que Trist había mostrado desde mi llegada había hecho bastante para sanar la herida que Brax me había dejado. El vestido era suave y cada parte era tan hermosa como todo lo que habría usado en Trión. Me sentía como una diosa sexual por primera vez. Y era debido a Trist. Estaba familiarizada con la tecnología S-Gen. También la tenían en Trión, pero solo había usado el de las cocinas; y esas máquinas eran más pequeñas, no estaban diseñados para escaneos de cuerpo completo. Trist había señalado que el color del vestido hacia juego con su collar, un pequeño detalle que ya había notado. En su propia manera, me adornaba como lo haría un trión, marcándome como suya en frente de otros, y me encantaba. Me encantaba que transmitiese su dedicación y conexión a mí.

Distinto al tonto de Trión que se arrastraba con sus manos y rodillas, tratando de levantarse. Debe haberse lastimado más de lo que pensé, porque tuvo que sacudir la cabeza un par de veces antes de ponerse en pie.

Trist, sin embargo, pareció tener una súbita carga de ira. Se puso de pie de inmediato, impidiéndome ver a Brax por completo. No tenía duda de que Brax no se acercaría a mí a menos que Trist lo permitiese. Él me estaba protegiendo, y a pesar de que todavía tenía sentimientos por Brax, ese movimiento, y la fiereza y la furia protectora que sentí a través del collar, me dieron la confianza que necesitaba para ponerme junto a Trist y bajar la mirada hacia el hombre que me había roto el corazón. Trist era mío ahora. Aun me importaba Brax, pero Trist se había quedado con una parte igual de grande de mi corazón, y no iba a cederlo. Era mío. Brax tendría que negociar. Había tenido su oportunidad.

—No pienses en siquiera acercarte a mi compañera,

trión, o necesitarás que alguien te lleve a una cápsula ReGen.

—Ella es mía, prillon. No tenía derecho a registrarse en el Programa de Novias. Ni siquiera debería estar aquí.

Trist se tensó ante las palabras de Brax, y sentí la necesidad de atacar abrasándole el interior. No le pertenecía a Brax, pero tampoco quería que fuese herido. Puse mi mano en el brazo de Trist y lo tranquilicé con un pequeño roce. Era tan sensible a mis sentimientos, mis necesidades, que se tranquilizó al instante y bajó la mirada para verme.

—No lo lastimes, bebé —dije. De dónde había venido esa dulzura, no tenía idea, pero ahí estaba. Trist era mío. Nunca me permití llamar a Brax alguna cosa distinta a su nombre... o amo. Pero eso no contaba. ¿Y mi ex allá en la Tierra? Él odiaba los apodos cariñosos. Los llamaba estúpidos e infantiles, así que ver a un gran prillon derritiéndose ante el término me hizo sentir extrañamente poderosa y completamente adorada. Cielos, ya estaba enamorada de Trist. Era muy fuerte. Noble. Seguro. Le dejé sentirlo todo, y el último fragmento de ira lo abandonó mientras me miraba a los ojos.

—¿Aún te importa este hombre? —Trist hizo la pregunta, pero no había dolor viniendo de él, solo confusión—. ¿Por qué? Fue él quien te hirió. Es la fuente del dolor. Lo siento dentro de ti, incluso ahora. —Trist me miró a mí y luego a Brax, y su rostro se endureció—. Especialmente ahora.

Me paré frente a Trist, alcancé su brazo y lo envolví alrededor de mí para apoyarme contra él mientras miraba al doctor trión, el primero en arreglar mi alma, para luego romper mi corazón.

—Sí. Le amaba.

Brax abrió la boca para hablar, pero alcé la mano hacia él para acallarle. No quería escuchar lo que tuviese que decir hasta que se lo explicara a mi compañero.

Aunque bajaba la mirada hacia Brax, le hablé a Trist.

—Estaba rota cuando dejé la Tierra para ir a Trión. El hombre con quien estuve en la Tierra fue frío y malicioso, y me hacía sentir pequeña y rota. El doctor Brax me ayudó a sanar.

Pensé exactamente en cómo lo había logrado y mi cuerpo se calentó. Trist debió sentir cómo aumentaba mi deseo, pues su constante deseo por mí se disparó en los collares hasta que mis pezones se endurecieron bajo el vestido y mi sexo se hinchó y humedeció. Su calor en mi espalda, su aroma, me hacían desearle. Pero también estaba Brax, observándome con *esa* mirada, la mirada que mi *amo* me había dado cuando me leía como un libro, cuando sabía exactamente lo que necesitaba. Lo que anhelaba. Lo que me haría gimotear y suplicar y rendirme.

—Puedo sentir tu deseo, compañera. —Trist se agachó y me susurró en la oreja—. ¿Ese deseo es por mí, compañera? ¿O por él?

No podía mentir.

—Ambos.

—Malditos sean los dioses. —Trist me acercó más para que pudiese sentir la dura longitud de su miembro presionado contra mi espalda, incluso mientras bajaba la vista hacia Brax—. ¿Qué diablos se supone que haga contigo, doctor?

—Ella me necesita, Trist —dijo—. Y la tuve primero.

Eso me enojó. No era un juguete por el que dos niños pelearían.

—Cállate, Brax. Juro por Dios que, si dices otra palabra, dejaré que Trist te haga pedazos.

Trist besó mi hombro y sentí su sonrisa. Sentía que era como un niño pequeño que había ganado un juego de fútbol en el patio, incluso mientras los ojos de Brax se oscurecían con rabia. Y lujuria. Conocía sus miradas tan bien como él conocía las mías.

—Me *tenías* —le dije a Brax—. Tiempo pasado. Me tenías y dejaste perfectamente en claro que no era lo que querías en una compañera.

Sacudió la cabeza, con una mueca de dolor.

—Estás equivocada.

—Cállate y escúchame. —Cuando los hombres se callaron, continué—: Te lo pregunté, Brax. Te pregunté que cuándo estarías listo para reclamar una compañera. ¿Recuerdas lo que dijiste?

Cerro los ojos por un segundo, luego me miró.

—Sí, yo...

Le interrumpí.

—Dijiste que seguirías sirviendo al canciller Roark por el tiempo que te necesitara. También dijiste que no podrías reclamar una compañera mientras servías porque el trabajo era muy peligroso y te irías por largos periodos de tiempo.

—Sí, pero...

—No. —Él *no* iba a librarse de esto hablando. Yo tenía razón—. Incluso me *adornaste* con joyas *temporales* diciéndome lo linda que me vería cuando mi futuro *compañero* me adornase permanentemente.

Suspiró.

—Lo sé. Eres muy hermosa, *gara*...

—¿Gara? —Estaba prácticamente gritando—. ¡Gara! —Traté de zafarme de los brazos de Trist para poder darle una paliza yo misma, pero me retuvo sin mover los pies. Maldita sea, era fuerte—. No te *atrevas* a usar esa palabra cuando me hables. No ahora.

La palabra estaba reservada para uniones de amor. Compañeros con confianza. Hombres que atesoraban y adornaban a sus compañeras. Como hacía Roark con Natalie. Había querido oír esa palabra por tanto tiempo que escucharla en este momento me puso jodidamente *furiosa*.

Brax no dijo nada y pasaron largos minutos de silencio mientras trataba de calmarme. Trist miraba a Brax y me preguntaba si veía lo que yo veía en sus ojos.

¿Arrepentimiento? ¿Dolor? ¿Anhelo?

¿O era todo eso solo mi imaginación hiperactiva?

Apenas podía pensar por la ira que había estallado dentro de mí, ira que había reprimido hasta ahora. Cubría el dolor, lo que era maravilloso, pero tenía problemas para respirar.

La piel de Brax, que era habitualmente color caramelo, cambió a un tono pálido de amarillo, y finalmente parecía entender cuánto me lastimaron sus acciones. Trist permaneció callado mientras Brax se arrodillaba y agachaba la cabeza para mí.

—Eres mi corazón, *gara*. Esa noche, cuando adorné tu cuerpo con joyas verdes, supe que no podría vivir sin ti.

Sacudí la cabeza con incredulidad, pero él miraba mis pies, o el suelo, o algo. Y no podía ir a ninguna parte porque Trist me sostenía. Y gracias a Dios por eso, porque su sólida fuerza en mi espalda me mantenía cuerda. Me derretí contra él y dejé que *mi compañero* sintiese mi gratitud, mi consuelo, mi completa confianza en él. Dejé que me sujetara, y él me dejaba hablar libremente.

—No te creo, Brax. Tuviste seis meses.

—Se suponía que esa sería mi última misión, Miranda. El día en que te escabulliste sin decir adiós fue el mismo día que renuncié a mi trabajo con la C.I y Roark.

Trist se tensó ante la mención de la C.I, pero no tenía idea de lo que era eso... así que, en fin. Algo relacionado con las misiones secretas de Brax, sin duda. Pero no me importaba. Ya no le prestaba atención.

—Esperé por ti, Brax. Fui una idiota. Esperé más de un mes. Pero regresaste a Ciudad Xalia y no me contactaste. No te había visto en semanas, y viniste y te fuiste sin una palabra.

Eso fue lo que más me dolió. Ese había sido el momento en que realmente entendí lo que significaba para él. Nada.

—No podría soportar reclamarte y luego tener que dejarte. Roark sabía que iba a renunciar. La C.I lo sabía. Necesitaba dos días para terminar el interrogatorio en Prillon Prime. Iba a pedirte que fueses mía por siempre cuando regresara.

¿Sería posible? La ira abandonó mi cuerpo, y todo lo que quedó fue dolor. Pero incluso esa información no era suficiente. Ya no.

—Trist es mío, Brax. Hice la prueba y fui emparejada con un guerrero prillon. Lo necesito. Lo quiero. No puedo volver a Trión y no quiero hacerlo.

Ante mi declaración, la mano de Trist se extendió sobre mi cintura en notoria muestra de posesión, pero no me opuse. Estaba exactamente donde quería estar... en sus brazos. Perteneciéndole.

¿Y si no era suficiente?

Le dije a esa pequeña e irritante voz que se callara. Él no lo era todo para mí. No. Tendría otro compañero, otro sensual y dominante compañero alfa que me amase. Que me adorase. Que realmente *quisiera* estar conmigo. Un segundo. Y *quería* dos guerreros. Quería estar abrumada y ahogada entre dos hombres dominantes. El pensamiento me puso tan caliente que apenas podía funcionar. Y no podría hacer eso con Brax.

Brax alzó la mirada, no hacia mí, sino hacia Trist.

—¿Y dónde está tu segundo, prillon? —Brax observó la habitación, con un gesto bastante exagerado—. ¿No debería estar aquí? ¿Protegiendo a tu compañera de mí?

—No he escogido un segundo. —Trist pasó de relajado a alerta tan rápidamente que mi mente se mareó con el veloz cambio de emociones.

Brax sostuvo la mirada de Trist y se puso de pie una vez más.

—Yo sería tu segundo.

Trist me apartó para que estuviese a su lado y un poco detrás de él.

—Ni siquiera lo pienses, trión. Eres un doctor, no un guerrero. Eres pequeño. Débil. Lastimaste a Miranda. No eres digno de mi compañera.

La sonrisa de Brax se afligió, las profundas líneas en las esquinas de sus ojos y sobre su boca eran recientes.

—Tienes razón. Ella es invaluable más allá de toda medida. Y sí, la lastimé, aunque esa nunca fue mi intención. Fui un tonto. No la merezco, guerrero. Y tú tampoco.

Trist murmuró, estando de acuerdo, pero Brax continuó.

—No soy pequeño ni débil. Aunque soy médico, soy un guerrero entrenado, un oficial retirado de la Central de Inteligencia en la Flota de la Coalición. He peleado. He matado. Pero entiende esto, moriría por ella, mataría por ella... —Dirigió la mirada hacia mí—. Incluso la compartiría, capitán, si eso es lo que necesita para ser feliz.

La idea de que Brax fuese mi segundo compañero me mareó e hizo que mi corazón se acelerase en mi pecho.

¿Sería posible? ¿Qué diría Trist? Me había dicho que podría escoger a un segundo, pero no había querido intentarlo en una nave llena de desconocidos. Pero Brax no era un desconocido.

Ahora el pensamiento estaba en mi cabeza, y no podía dejar de imaginarme desnuda, adornada y siendo tomada por ambos.

Vaya. ¿Realmente estaba jadeando por la ansiedad? Vergonzoso. Me aclaré la garganta e intenté concentrarme en la conversación que estos hombres estaban teniendo. Ya me había perdido parte de ella, me zumbaban los oídos. ¿Era esto pánico? ¿Asombro? ¿Miedo? ¿Estaba perdiendo la cabeza? ¿Imaginando cosas? ¿Era esto un sueño?

Mi cuerpo no estaba de acuerdo. Todo se sentía pesado. El calor llegó a mi corazón, y cada latido enviaba palpitantes pulsaciones a mi húmeda vagina. Sufría por el deseo. Por la *necesidad*.

Brax estaba hablando...

—Déjame adivinar, guerrero. La estabas follando, llenándole la vagina. Ella enloquecía, casi en el borde, pero no podía venirse. Su orgasmo permanecía fuera de alcance, como si necesitase algo más.

—Ay, Dios. Deja de hablar.

No quería estar aquí para *esta* conversación.

Trist, sin embargo, estaba altamente interesado en lo que Brax estaba diciendo. Sentí su confusión, su intensa curiosidad.

—Continúa, doctor. Dime lo que sabes sobre mi compañera.

—Necesita que su amante tome el control, que la aparte

de su indecisión. De su culpa. Su duda. Necesita que la libren del miedo de tomar la decisión equivocada, de intentar determinar lo que su amante quiere o necesita. Necesita rendirse completamente. Someterse.

Las palabras de Brax me estremecieron. ¿Era eso lo que pensaba de mí? ¿Que era débil? ¿Indecisa?

Pensé en mi tiempo con Trist, de cómo se estampaba en mí, de mi cuerpo en llamas. De cómo se había frustrado, exigiendo que le dijera lo que necesitaba. No pude. Solo cuando me había inmovilizado y me ordenó que me viniese, me ordenó que me dejase llevar, fui capaz de alcanzar el orgasmo y entregarme a él completamente.

Brax me conocía. Era cierto. Había creado un monstruo dentro de mí, un monstruo que necesitaba cosas con las que no estaba segura de que Trist estuviese cómodo.

Las siguientes palabras de Trist me sorprendieron, pero no tanto como la petulancia que venía a mí desde el collar.

—Me hice consciente de las necesidades de mi compañera anoche. Te aseguro, doctor, que en esta nave hay varios hombres prillon dignos y capaces de satisfacer su deseo por un hombre dominante, guerreros que estarían honrados de unirse a mí en aceptar su rendición y sumisión.

Su voz era pura lava hirviente. Sexo. Crudo y salvaje.

Apreté las piernas y froté los senos contra el costado de Trist. ¿Trataban de matarme?

—Te quiero. Os quiero a ambos. —Las palabras escaparon de mi boca antes de pensar en censurarme.

Trist se volteó y bajó la mirada para verme. Sabía que él podía sentir mi excitación. Nunca había estado en este estado antes, al menos no parada en una habitación, totalmente vestida. ¿Qué pasaría si uno de ellos me tocase, me besara o me rozara ahora? Ya estaba al borde. Lista para venirme.

Lista para someterme a ambos.

Trist alzó una mano a mi mejilla y me acarició con tal suavidad que me sacudí, lista para desgarrar mi ropa.

—¿Quieres esto? ¿A mí? ¿Y a él?

Asentí. Quería esto. Aun amaba a Brax. Y amaba a Trist. Eso era… bueno, lo había creído imposible. Pero este era mi nirvana. Paraíso. Un sueño que jamás me atreví a imaginar por mi cuenta.

—Sí.

Él me miró a los ojos por varios segundos y no le escondí nada. Ni mi necesidad, emociones o mis miedos: miedo de que dijera que no, de que Brax se volviera a ir, de que, de alguna forma, saliera lastimada. De cualquier manera, podía salir lastimada.

Trist volteó la cabeza y miró a Brax, quien había dado un paso al frente.

—Me seguirás a nuestros cuarteles, doctor. Ahí, satisfaremos a mi compañera, juntos. Pero no eres mi segundo. Deberás demostrar que eres digno, y no solo en la cama de mi compañera. ¿Lo entiendes?

Brax asintió. —Sí.

Pensé que Trist había terminado, pero añadió otra advertencia. —Si la vuelves a lastimar, acabaré contigo. ¿Lo entiendes?

—No lo haré. Te doy mi palabra. —Brax puso se puso la mano sobre el corazón.

Con la afirmativa de Brax, Trist volteó a verme. —Le aceptaré en nuestra cama por ti, compañera. Incluso si te complace bien, tendrá que ponerse a prueba para mí en batalla. ¿Lo entiendes? Debe probar que puede protegerte además de complacerte para ser digno.

Asentí. Lo entendí. Esto podría ser algo de una sola vez. Trist elegiría a su segundo. Trist elegiría si Brax había demostrado que era digno o no.

Y yo estaba bien con eso. Trist era mi mundo ahora, definía el espacio seguro en que me deleitaba. Me rendí a él en ese sentido, y estaba satisfecha.

—Sí, compañero. Gracias. No confío en mí misma cuando se trata de él.

Brax comenzó a protestar, pero la mirada severa de Trist lo silenció antes de que dijese una palabra.

—No le dirás nada sobre reclamarla. ¿Lo entiendes? Ella es mía. Puedes *demostrarme* tu valor, o regresar a Trión.

11

Miranda

Esto era una locura. Era mi sueño. ¿Era esto... la realidad? Brax me quería de verdad. Lo suficiente para venir a buscarme desde el otro lado de la galaxia. Y Trist, él me quería también. Nunca habían peleado por mí antes, y aunque era completamente ridículo, era jodidamente excitante. Dos hombres reclamando su parte, golpeándose el pecho. Mis ovarios no podían con eso. ¿Y mi vagina?

Tampoco podía con la manera en que ambos me miraban, con rostros acalorados llenos de intensa decisión.

—Traje algo para ti —dijo Brax con su profunda voz de amo. Le había llamado así antes porque le consideraba uno. Pero eso había sido cuando estábamos haciendo lo de amigos con beneficios. Pero ahora, llamarle amo significaba algo distinto. Algo... más. Aun no estaba lista para llamarle así, pues no confiaba completamente en él. Con mi cuerpo sí, ¿pero con mi corazón?

Él tendría que probar su valor.

Metiendo la mano dentro de sus pantalones uniformados de Trión, tomó algo y luego extendió su mano hacia mí. Reconocí las gemas verdes instantáneamente.

Mi vagina se contrajo recordando cómo habían pellizcado mi sensible piel, y la aguda punzada convirtiéndose en una llamarada de pasión. Transformándose en un orgasmo tan dolorosamente dulce...

Trist gruñó y se acercó a la pared, inclinándose en ella y cruzándose de brazos. Sentí su ira, su dominancia. No quería compartirme con Brax, pero lo haría. Si él fuese humano, probablemente odiaría el hecho de que Brax hubiese estado conmigo primero. Que habíamos tenido sexo por meses, y que me había gustado.

Pero Trist no era humano. Estaba en su naturaleza el compartir una mujer. Era un honor hacerlo. Él fue quien usó esa palabra cuando habló del segundo que había tenido, quien se había ido para unirse a otra familia.

Él quería que estuviese con otro hombre. Me observaría. Incluso me tomarían juntos. Y eso me estremecía. Me ponía caliente.

Trist gruñó nuevamente, su fulminante mirada me llenaba con fuego. Su miembro estaba sólido en sus pantalones, grueso y abultado, algo que no tenía intención de esconder.

Él me quería. Me quería excitada. Y si Brax me excitaba, él lo permitiría.

Y a juzgar por el sitio en el que se puso, tenía intención de mirar. Lo suficientemente cerca para tener su propia porno, lo suficientemente cerca de salvarme si lo necesitaba, pero lo suficientemente lejos para darle espacio Brax y que pudiese hacer lo que quisiera.

Y lo que yo quisiera. Froté mis muslos con emoción.

Brax sonrió. Era la confiada y rápida sonrisa a la que estaba acostumbrada con él. Que hacía que tus bragas desaparecieran. Una sonrisa coqueta. Trist no era tan despreocupado para ofrecerme una mirada así, pero también venía con un precio. Despreocupado en naturaleza y despreocupado en una relación. O eso pensé.

—¿Ves la cadena? La traje para ti, para reclamarte.

Trist gruñó una tercera vez.

—¿Ahora?

Le había dicho a Trist que era él a quien quería, que usaría su collar, pero no estaba reclamada. Nuestros collares no combinaban en color. Había estado feliz de esperar hasta que dijese que era el momento, pues estaba satisfecha sometiéndome a su juicio. Supe que él sabría cuándo sería perfecto.

¿Pero Brax? Aún no estaba lista para eso. El hecho de que las haya traído con él desde Trión, que *él* estuviese listo, decía mucho.

Sacudió la cabeza.

—No te reclamaré ahora. Tienes poco menos de treinta días, ¿cierto?

Miré a Trist, luego asentí.

—Hoy usarás las pinzas de pezones que te gustaban tanto, pero voy a añadir la cadena. Le mostrarás a tu hombre principal lo hermosa que te ves cuando estás adornada.

Trist bufó.

—Ella no necesita oro o joyas para ser hermosa.

Le sonreí, sonreí por la fiera ola de posesividad que sentí en el collar. Me quería desnuda. Sin extravagancias. Eso le ponía caliente.

Pero a mí sí me gustaban las gemas. Cuando las usaba para Brax, sí me sentía hermosa, de una manera completamente distinta que con Trist.

Ah, ¿por qué pensaba que estar con dos aliens sería sexy? ¡Era *difícil!* Dos hombres dominantes y mandones a los que hacer feliz, a los que debía evitar que se mataran. A los que satisfacer. Tendría que usar los comunicadores y hablar con Natalie sobre las realidades de tener múltiples compañeros. Dos penes eran una cosa, pero, ¿y lo demás? ¿Sus naturalezas autoritarias? ¿Sus puños para pelear? ¿Sus gruñonas personalidades?

—Eso es cierto, es encantadora cuando está descubierta. ¿Pero enjoyada y suplicante? —Brax hizo un pequeño murmullo mientras se ajustaba el miembro en los pantalones.

Él extendió la mano.

—Ven aquí, *gara*.

Miré a Trist, quien permaneció estoico. Sin embargo, podía sentir su aprobación a través de los collares, incluso sin el leve asentimiento.

Estaba ansiosa por esto. Había soñado con esto en la prueba. Era lo que quería, lo que *necesitaba*. Dos hombres, dos hombres total y completamente diferentes que me lo darían todo.

Respiré hondo, y luego caminé hacia Brax.

Brax

Ella era muy hermosa. Todo lo que había querido. ¿Cómo no había notado la forma en que su largo cabello tenía tintes de rojo al ser iluminado por la luz? ¿Cómo no había visto lo pequeña que era? ¿Lo delicada que era? Tener un compañero de dos metros solo lo acentuaba. Quería envolverla en mis brazos y protegerla. Besarla. Acariciarla y decirle cuán hermosa era.

También la quería de rodillas. Sometiéndose. Suplicando.

No tenía dudas de que Trist era un compañero dominante. Él era el prillon principal de su emparejamiento. No había segundo.

Ahora lo había. Yo.

Su dominancia también era lo que Miranda anhelaba. Debía serlo, pues su unión fue casi perfecta. No me eliminó, solo confirmó que mi lugar estaba con ellos. Él necesitaba un segundo; ella me necesitaba. Solo debía probar que era digno de ella.

Empezando ahora.

Cuando se puso de pie frente a mí, extendí la mano, tomé su mandíbula y le acaricié la mejilla con el pulgar. Sus ojos se cerraron y ella inclinó la cabeza mientras yo rozaba la piel más suave de todas.

Era aún más suave en otros lugares, como la curvatura de su pecho, la parte interna de sus muslos. Llegaría allí.

En algún momento.

—¿Le mostramos a tu prillon cómo te ves con los pezones pinzados? ¿Ataviados con gemas?

Se relamió los labios, luego asintió.

—Necesito que me lo digas, *gara*.

Ella tragó, luego apartó la mirada.

—Sí —susurró.

No necesitaba un collar para saber lo que ella *no* me estaba diciendo.

Mi pulgar siguió acariciando su mejilla mientras hablaba.

—Todo está bien, Miranda. No tienes que decirlo. Aún no. Cuando estés lista, me volverás a llamar amo.

Sus ojos se encontraron con los míos y vi alivio. Alegría.

Mi pene palpitaba en los pantalones. Di un paso atrás, bajando la mano.

—Ese vestido se ve lindo en ti, pero se verá igual de bien en el suelo.

Lentamente, como si la demora fuese una provocación para mi miembro, ella llevó sus manos a los hombros, deslizando los finos tirantes de su vestido verde—el color no pasó desapercibido a mis ojos, combinaba con el color de su compañero y de su familia—y luego bajándolos por sus brazos.

Cuanto más bajaba por su cuerpo, más enseñaba. Cada parte bajo su vestido estaba expuesta. Nada cubría sus senos. Ningún pedazo de tela cubría su vagina.

No pude evitar el gruñido en mi pecho, ni tampoco Trist. Desvestida era un sueño. Enormes senos, pezones rellenos que se endurecían incluso mientras los miraba. Un vientre ligeramente redondo y muslos grandes. No era flacucha, sino exuberante y gruesa en todos los buenos lugares. Perfecta para aferrarse a ella, para apretarla mientras la follaba.

De eso me acordaba bien.

Cuando la tela se reunió alrededor de sus pies, ella estaba parada derecha y orgullosa, pero vi una pizca de nervios en sus ojos avellanados, en la forma en que se movían sus dedos.

No la haría esperar. Estirándome, tomé su pecho, recordando su delicioso peso. Ella jadeó y empujó el pecho contra mi mano. Ella lo quería.

Trist hizo un sonido gutural como si fuera un atlán con una bestia dentro de él. Le brindé un segundo de mi atención. No se había movido de su sitio en la pared, que le daba una vista plena de nuestra compañera.

Sí, nuestra. Lo demostraría con cada movimiento.

Podía entenderle, pues me sentía como si hubiera sido poseído por algo. No una bestia, sino una ansiedad tan grande, tan feroz, que estaría furioso si no pudiese tener lo que deseaba.

Pero tomar su pecho me aliviaba. Ella estaba aquí, ante mí. Completamente. Ella me quería. Quería esto.

Las pinzas de sus pezones estaban conectadas por la fina cadena dorada. Era ligera, solo ofrecía un ligero estirón a sus pezones. Sería mi medallón lo que, además de señalarla como mía, le ofrecería un tirón constante como recordatorio de nuestra unión.

Sostuve una pinza entre los dedos, dejando que la otra cayese para balancearse por la cadena mientras atendía su pezón con mi pulgar e índice, apretándolo y tirando de él suavemente hasta que se convirtiese en un duro pico.

Solo entonces bajé la cabeza, mirándola todo el rato, y tomé la punta con la boca. Chupando. Lamiendo.

Entonces gimió y sus dedos se levantaron para enredarse en mi cabello, y volví a levantarme.

—El primero —dije, abriendo la pinza y poniéndola en

su rosado y brillante pezón, dejando que se cerrase, y luego ajustando la presión.

Miré sus ojos, vi la llama de dolor calmándose, y luego un jadeo cuando la apreté un poco más.

—Respira —le murmuré.

Ella lo hizo tal y como ordené, y luego de un momento, su mirada se tranquilizó, casi abrumada con pasión. El dolor se había transformado en el dulce placer que le encantaba.

—Brax —susurró mientras repetía los movimientos para su otro pezón.

Solo cuando ambos estaban fijados y ella sintió el pellizco, y luego el placer, me aparté.

—Mira a nuestra compañera, capitán. Hermosa con y sin joyas.

Ella nunca había usado la cadena, pero esa imagen, con las verdes y oscuras gemas meciéndose bajo sus coquetos pezones, hicieron que estuviese un paso más cerca de reclamarla y que mis bolas estuviesen hinchadas. La ansiedad de ponerla sobre la cama y follarla desde atrás mientras sus senos se mecían, mientras la cadena se balanceaba, era casi desesperada.

La tomaría de esa forma. Pronto.

Su mirada se dirigió a Trist, y vi una pizca de incertidumbre. Seguramente él lo sintió a través de los collares.

Él se levantó, avanzando hacia ella. Bajó la mirada hacia sus pezones, estudiándolos silenciosamente. Con un dedo movió la cadena, la puso en movimiento. Ella gimió.

—Le gusta —dijo, como si hubiera sido una sorpresa para él.

Me moví detrás de ella, yendo hacia el otro lado, y tomé su seno con una mano; con la otra aterricé entre sus piernas.

Había extrañado su resbaloso calor, siempre húmedo, siempre empapado por mí.

—Trist —gimió.

—Te gusta su roce.

—Sí.

—Sentí lo mucho que te gustan las pinzas. Lo admito, ver mi color sobre ti me hace desear follarte.

—Trist —repitió.

Dio un paso atrás, pero no apartó la mirada. Lo tomé como una señal para que continuase. La mano que solo había tomado su vagina comenzó a jugar, a deslizarse sobre su piel, a meterle los dedos profundamente, a retroceder y jugar con su clítoris una y otra vez. Ella comenzó a retorcerse, a cabalgar mi mano con la necesidad de correrse. Hizo que la cadena comenzara a moverse, lo que hizo mecer las gemas que tiraban de sus pezones.

—¡Sí! —dijo nuevamente, esta vez sin dudas ni preocupaciones. Se estaba dejando llevar por el placer que le proporcionaba a su cuerpo.

Imaginé que el collar sobre su cuello hizo que Trist sintiera su deseo y, a cambio, ella sin duda sintió el suyo. Puede que no se lo haya dicho, pero lo ponía caliente el ver a otro hombre tocando a Miranda. Ella era capaz de cederme el control porque sentía su satisfacción. Podré no caerle bien, personalmente, pero le gustaba cómo acariciaba su cuerpo.

—Estás lista, *gara* —dije cuando bañó mi mano con su deseo.

Ella asintió contra mi hombro, y la llevé hacia adelante, a la cama, hasta que estaba parada justo al pie de ella.

—Dóblate, *gara*. Te follaré ahora. Aliviaré la desesperación de tu vagina por mi pene.

Ansiosa, puso las manos en la cama, y alzó las nalgas. Jadeó cuando su acción puso la cadena en movimiento, y sus pezones tomaron todo el dulce impacto.

Trist tomó la silla y la movió hasta solo algunos metros de la cama, y se sentó en ella con las piernas separadas. Miranda estaba de perfil, y él podría ver cada parte de ella mientras era penetrada.

Me abrí los pantalones y saqué mi miembro. Aunque permanecer vestido no era tan íntimo, quería que Trist solo viese a nuestra compañera. No me molestaba que me viese desnudo. No era modesto, no cuando se trataba de complacer a nuestra mujer. Pero todo esto era sobre Miranda.

Dios, *siempre* sería sobre complacerla.

Deslicé un dedo entre sus rellenos y rosados pliegues, húmedos y listos para mi pene.

Estando cerca, la tomé y me deslicé dentro de ella con una larga estocada, hasta que llegué al fondo.

—¡Brax! —gritó, apretándome con sus paredes.

—*Maldición* —gruñí, disfrutando la caliente y húmeda sensación de su cuerpo mientras estrangulaba mi pene. Habían pasado sido cinco semanas y había extrañado esto. La había extrañado.

Agarrando sus caderas, la tomé con fuerza.

Por el rabillo del ojo vi a Trist abrirse los pantalones, sacar su pene y acariciárselo.

—¡Sí! —gritó Miranda. Obviamente su ola de placer también la alcanzó.

Sus senos se mecieron con cada embestida; la cadena estaba en constante movimiento. Maldición, se veía muy bien en ella. Aguardaba el día en que estuviera fijada a anillos que pasaran sobre sus pezones en lugar de pinzas.

Mientras tanto, ella sabría cómo se sentía, yo sabría cómo se veía, y Trist descubriría que su compañera necesitaba más. Mucho más de lo que un rígido prillon pudiera ofrecerle.

—Me estoy viniendo —gimió, justo antes de que sintiera el movimiento de sus paredes alrededor de mí.

No pude aguantar un segundo más la sensación de presión de su vagina sacándome el semen de las bolas. Empujé más hondo, la agarré con fuerza y la llené.

Cuando mi cerebro volvió a funcionar, cuando ya no estaba ciego por la fuerza de mi orgasmo, miré a Trist. Su mirada estaba sobre Miranda, que jadeaba y se aferraba a la cama como si fuera la única cosa que hacía que no se fuese flotando hacia el espacio.

Salí de su interior, sintiendo una viril satisfacción al ver mi semen saliendo de ella.

Miranda permaneció en su sitio, pero enganché una mano en su cintura otra vez, ayudándola a levantarse. Besé el caracol de su oreja, y luego murmuré:

—Tu compañero, *gara*. Te necesita.

Vi como abría los ojos y luego miraba a Trist. Llevó la mano a su collar, como si pudiera sentir su necesidad tanto como podía ver lo duro que tenía su pene; así como el líquido preseminal se escurría del pequeño hoyo en la punta.

—Ve con él y dale lo que necesita.

Dio un paso hacia él y le di una nalgada. Su cabeza giró rápidamente para verme con confusión. Entrecerré la mirada y me crucé de brazos. Esperando. Ah, estaba seguro de que no era tan duro podía serlo con el pene resbaladizo, todavía listo para ella, saliendo de mis abiertos pantalones.

—Sí, amo —murmuró, una pequeña sonrisa apareció sobre sus labios.

Mi pene estaba listo otra vez, pues aquellas palabras en sus labios eran lo más cercano al paraíso en una nave de guerra.

Trist

VAYA QUE LE HABÍA GUSTADO. No, le encantó. Los collares lo hacían evidente. Así como la mirada en su rostro, la forma en que su cuerpo se relajó, la manera en que se rindió a Brax tan preciosamente.

No había duda de que se había sometido a mí, pero esto era diferente. Era como si hubiese otra faceta de ella que no conocía, que respondía a Brax en una manera que yo no podría despertar. Esto era lo que esperaba de un segundo.

¿Pero del doctor trión? ¿Del hombre que había lastimado a mi compañera? Sentí su tristeza, aunque no sabía que se debía a él hasta su llegada. Entonces lo entendí. Ella lo quería, pero él se había negado.

Su pérdida era definitivamente una ganancia para mí, pero, ¿me la había ganado por completo? Habían pasado menos de dos días de pertenecerme. Ah, ella era mía. No tenía dudas ni lo cuestionaba. ¿Pero era suya, también?

Él podrá saber lo que la pone caliente, lo que la hace venirse, unos profundos secretos y fantasías oscuras que no quería que yo satisficiese.

Pero eso no lo hacía un compañero digno. Cuestionaba su habilidad de ser mi segundo, pues un segundo era leal. Se mantenía firme con su familia. Ponía a su compañera antes del trabajo, antes de todo.

¿Lo haría? ¿Podría hacerlo?

No conocía la respuesta. Con una follada, nada estaba resuelto. Aprendí mucho sobre Miranda, sobre lo que necesitaba, pero nada más.

Brax, cuya semilla se escurría de entre las piernas de Miranda mientras se acercaba a mí, necesitaría ganarse más que el título de amo. Tendrá que ganarse la palabra *segundo*.

Cuando Miranda se paró ante mí, con las piernas entre mis rodillas separadas, se detuvo. Continué tocándome el pene mientras capturaba cada parte de él. Estaba relajado en mi silla, disfrutando la vista de Miranda siendo follada. Era excitante verla bien satisfecha, y ver el placer que sentía a través del collar solo me hizo querer tocarme con más fuerza y acabar, esparciendo mi semilla, en forma de arco, sobre el piso. Pero no, era para ella, para su vagina, así que apreté la base con fuerza, conteniendo la necesidad y solo mirándola.

Esas gemas en sus pezones, las lindas puntas y el brillante verde, la combinación era apetitosa. Y el verde... me hizo algo.

La cadena que se balanceaba lentamente era puramente ornamental, pero hacía que se viese encantadora. La hacía sentir encantadora, de acuerdo al collar. Era alguna clase de cadena y me preguntaba si le gustaba ser amarrada, atada a una cama y estar a merced de su compañero.

—Trist —murmuró, y miré sus ojos—. Por favor.

Eso era todo lo que tenía que decir. Estaba listo. Sabía que ella lo estaba. Sabía que estaba lo suficientemente mojada para tomarme. Demonios, sus piernas estaban empapadas.

Sacando la mano de mi pene, enganché el dedo en la cadena y la usé para obligarla a inclinarse hacia adelante.

No tiré, solo la usé como guía, y ella la siguió, sabiendo el pequeño dolor que vendría si se negaba.

Sus labios se unieron con los míos en un beso brusco y feroz.

Cuando me aparté, aferré su culo con una mano, empujándola para que cabalgase en mi regazo, de rodillas.

—Cabálgame, compañera.

Bajó velozmente, pero la atrapé con rapidez.

—Lento —ordené.

Ella jadeó y sentó en mi pene de tal forma que sus piernas descansaban en las mías. Estaba tan adentro, tan profundamente dentro de ella que no sabía dónde terminaba ella y comenzaba yo.

Sus manos se posicionaron en mis hombros y comenzó a moverse, a levantarse.

—No —dije.

—Trist...

—¿Quién está a cargo, compañera?

Tragó, y sus oscuros ojos estaban en mi boca.

Me agaché hacia adelante para besarla, dándole lo que quería. Al menos una parte.

—Tú —susurró cuando reposé la cabeza contra el gran espaldar de la silla.

—Pero esto... mi pene dentro de ti, no es suficiente.

Sus ojos se abrieron y sentí miedo y culpa corriendo por el collar.

—Eres suficiente, Trist. No trato de herirte.

—El pene de Brax aún está duro. Todavía te quiere. ¿Dónde debería ponerlo? —pregunté. Me empapó por completo al oír esas palabras; sus paredes internas se contraían. Sí, había tenido razón.

La mano en su cintura se dirigió hacia a su culo, luego

mis dedos se adentraron en la abertura, encontrando su estrecha entrada trasera.

No había usado la CEA con ella. Ayer, mi pene había sido suficiente. Planeaba entrenar su culo usando la caja de unión prillon para nuevas novias, específicamente aquellas de otros planetas. Pero de alguna forma supe que no era necesario.

—Le gusta que jueguen con su culo —dijo Brax.

Miré al trión por encima del hombro desnudo de Miranda, se estaba acomodando el pene dentro de los pantalones.

—Déjatelo afuera. Ella lo desea.

Volteé la mirada hacia Miranda, viendo la verdad en su rostro.

—Bien.

Presioné el pulgar contra su culo, recorriéndolo, y luego se lo metí. Su culo lo aceptó fácilmente y ella jadeó, meneándose en mi regazo.

Dejé que se follara a sí misma con mi dedo, lo que hacía que el pulgar entrara aún más.

Abrí más las rodillas hasta que ella estuvo abierta también. Sus pies no tocaban el suelo y no tenía equilibrio; no tenía más opción que apoyarse en mis hombros.

—Necesitas dos compañeros adentro a la vez. ¿Verdad, compañera? —pregunté.

Me miró. Asintió. No podía mentir. No solo por los collares, sino por el emparejamiento.

—Eres una novia prillon. No habrías sido emparejada a mí si fuera de otra forma.

Saqué el pulgar y ella gimió.

—Lubricante, en el armario junto a la cama.

Brax fue a donde le dije, encontró el frasco y literalmente cubrió su pene. Una vez terminado, trajo el frasco consigo y se arrodilló detrás de Miranda. Su miembro estaba duro incluso tras follarla. Lo podía entender, pues el mío no había bajado desde que se transportó a la nave.

—¿Lista, compañera?

Ella asintió y Brax extendió el brazo para tomar sus senos, manteniéndola inmóvil para su entrada. Supe el segundo en que entró en ella, atravesando el apretado hoyo. Lo sentí a través de la fina entrada que nos separaba. Lo sentí por los collares. Vi la intensidad encendiendo los ojos de Miranda.

—Trist —se quejó. Se retorció, aunque no tenía a dónde ir.

Sentí su placer, su calor. Con las manos en sus caderas, la levanté casi por completo con el pene. Apenas me había movido desde que se sentó en mí y estaba desesperado por el roce, por la fricción.

Brax salió un poco y entonces la bajé. Estaba siendo doblemente follada, doblemente atiborrada.

Ella dejó que su cabeza se desplomase mientras ambos la tomábamos. La necesidad crecía, daba vueltas. Nuestros alientos se confundían, y nuestra piel resbalaba con sudor. Nos sentíamos completos, llenos, con ella entre nosotros. Iba a correrme, no podía aguantarlo más, pero ella encontraría su placer primero.

Así que hice aquella cosa que sabía la haría estallar, aquella cosa que nunca esperé hacer. Alcé las manos y abrí las dos pinzas de sus pezones a la vez.

Sus ojos brillaron mientras la sangre regresaba a las delicadas puntas. Sentí la avalancha de dolor, el rubor de la pasión, el brote de humedad, y la escuché gritar de placer.

Era demasiado, demasiado intenso para resistir, y la

acompañé. Brax se puso rígido y se quejó mientras su pene latía por llenarle el culo.

Sentí su satisfacción al estar entre Brax y yo. Él podía darle placer, eso no estaba en duda.

¿Pero todo lo demás? El tiempo lo diría. Hasta entonces, dejaría descansar a mi somnolienta compañera, pues tenía planes para ella.

12

Brax, nave Zakar, nave de apoyo Prima-Nova, cafetería — Tres días después

Miranda reía acompañada por un grupo de cuatro niños prillon, trabajando juntos para hacer alguna clase de comida sin la máquina S-Gen. La más joven, una muchacha pequeña, tenía unos seis años, quizás. El más grande tenía once o doce. Tenía una pistola de iones sujeta al muslo, cosa de la que no dije nada. No sabía si estaba cargada o si era una pistola de entrenamiento usada para enseñar a un niño el cuidado y la responsabilidad adecuada al tener y portar tal arma, y asegurarse de que estuviese acostumbrado a usar una constantemente.

En Trión no armábamos a los niños. Aunque esta era una zona de guerra, y él era un prillon igual de alto que Miranda, incluso a su corta edad. Parecía estar disfrutando la atención adicional que daba la nueva señora Treval, al igual que el resto. No culpaba al niño, pues también estaba enamorado de ella.

No tenía idea de cuánto honor, con cuánta adoración y responsabilidad eran bendecidas las compañeras de estos guerreros al llegar al espacio. Era un lugar peligroso lleno de tensión constante, posibles amenazas y batallas inminentes. Potenciales muertes. El mismo comandante Zakar me había advertido de no irrespetar a ninguna señora en el batallón o estaría arriesgando mi vida. No solo se entregaban a sus compañeros—y para una unión Prillon tenían que enfrentarse a dos alfas mandones—sino también a la gente del batallón. Grandes, pequeños, jóvenes y ancianos, todos querían la atención de las señoritas.

No es que necesitara la advertencia de Zakar. Era trión, no idiota. No le falto el respeto a las mujeres, pero la estructura social en una nave de guerra era fascinante. Los guerreros estaban a cargo de todo lo militar, y sus compañeras eran iguales a ellos en rango en el lado civil. De hecho, cuando se trataba de disputas domésticas o arreglos de vivienda, todo lo que fuera parte de la cotidianidad, la señora Zakar tenía un rango mayor que su compañero, el comandante de todo un batallón. En cuanto a los niños, ellos adoraban a las señoritas, venerándolas como criaturas místicas, y ansiaban sus atenciones.

Había leído todo esto, claro está, en los días de escuela cuando aprendíamos sobre los diferentes planetas y sus criaturas inusuales, pero verlos en acción era completamente diferente. Ver a Miranda florecer con tal alegría era, sin duda, edificante. No podría haberle ofrecido esto en Trión. Demostraba lo incompleta que habría sido su vida conmigo. En eso, quizá, tuvo razón al dejarme y hacer la prueba. Los niños que estaban junto a ella tenían suerte, pero yo también.

Extrañaría el sol, la arena y la brisa fresca en la cara que solo se podía hallar en Trión. Si podía tener a Miranda, aprendería a vivir sin aquello. No sería difícil al poder ver su rostro sonriente. Escucharla reír, sus gemidos de placer, sentir la forma en que su vagina apretaba mi pene, ver cómo complacía a su otro compañero. Incluso ahora, se me ponía dura con el deseo de ella. Aun así, incluso con saber que podía hundirme en su dulce calor cada noche, el espacio era un ajuste mayor al que había anticipado.

¿A quién demonios estaba engañando? Tontamente había pensado en llegar, quitársela a quienquiera que haya sido el idiota con el que fue emparejada, y transportarnos de regreso a Trión. Había pensado en apartarla de su nuevo compañero y no ceder nada.

Suspiré, pasando una mano por mi rostro. Había sido un tonto. Más que un tonto. Egoísta. Idiota. Dioses, no la merecía. En eso Trist tenía razón. No era digno de ser su compañero si me ponía a mí mismo primero. Sin embargo, no podía renunciar a ella. No lo haría. No importaba el costo de mi orgullo, mi ego, o incluso mi vida, ella sería mía. La compartiría con un gran guerrero prillon que era gruñón y estricto con todos menos con Miranda. Con ella, él cambiaba. Él era... más. Sabía que tener una compañera requería sacrificio, adaptación. Cambio.

Yo lo entendía. Ahora. Y eso me hacía un idiota. Pero lo estaba intentando.

Miranda escogió ese momento para reír, pues la pequeña prillon había hecho algo para crear una nube del extraño polvo blanco que ella llamaba *harina*, algo de la Tierra usado para hacer comidas dulces. La harina flotó en el aire antes de caer sobre su cabeza. Tenía un adorable cabello cobrizo, y la harina blanca la hacía ver muy tontilla. No pude evitar reírme.

Todo el grupo reía mientras Miranda abrazaba a la pequeña traviesa. Todos estaban manchados de harina, pero a ninguno parecía importarle. Su vestido verde oscuro estaba cubierto y manchado con esa cosa, especialmente la curva de su pecho bajo la tela. El verde era el color de Trist. El reclamo de Trist. Parecía una cruel ironía que las joyas ornamentales que había diseñado e hice que usara fuesen del mismo color. Imaginaba cómo mis ornamentos colgaban de esos redondos pezones atravesados con anillos, cómo los medallones dorados colgarían de una fina cadena y halarían sus pezones para mantenerla excitada constantemente. Mi pene se hizo más grande y todavía miraba el brillo con felicidad, con satisfacción y una sensación de paz que nunca antes vi en su rostro.

La harina era irrelevante. Al igual que el resto de ingredientes de galletas de los que había oído hablar a Roark allá en Trión. A Miranda le encantaba algo llamado *hornear*, hacer alimentos comestibles a mano. Estaba perfectamente satisfecho con la máquina S-Gen y jamás había visto harina, mantequilla o huevos antes, pero la experiencia de enseñar a los niños cómo hacer esto de *hornear* evidentemente hacía a mi compañera... no, a *la compañera de Trist* muy feliz.

Pensé en el suertudo guerrero. La sonrisa de Trist era pura adoración por su mujer y nunca en mi vida había envidiado tanto a otro hombre. Los tres nos habíamos transportado a esta nave de apoyo. Trist tenía una reunión con la tripulación y no quería a Miranda lejos de su lado.

Estaba completamente de acuerdo por primera vez, no queriendo dejar su lado tampoco. Les acompañé. No había manera en que les dejaría irse solos. Si me iba a ganar al menos parte del corazón de Miranda, necesitaba estar con ella, no flojeando por la nave principal.

Él, también, miraba a nuestra compañera. Sí, *era* mía, cielos. Él había regresado de su reunión con la tripulación y se apoyó contra la pared junto a la puerta, con los brazos cruzados y una mirada en el rostro que conocía bien. Me había sentido de esa manera cuando fue mía. O al menos lo había sido en mi cama allá en Trión. Había estado contento. Lleno de deseo e impulsos posesivos, y la necesidad de proteger.

Incluso aquí, en una nave de apoyo, me preocupaba su seguridad. A Trist también le preocupaba, y no necesitaba un collar para saberlo. Parecía que ella, también, tenía un propósito importante al visitar la nave, algo sobre conocer la tripulación de todas las naves ya que era la nueva segunda al mando de la señora Zakar.

Era una gran responsabilidad, y sin embargo lo estaba disfrutando, haciendo un desastre y divirtiéndose. Él fue a su reunión y yo me senté en esta sala, viendo a la mujer que me importaba explorando felizmente su nueva vida y rol como la importante e influyente señora Treval. Miré el collar negro sobre su cuello y supe que sería verde pronto. Ella aún tenía cerca de tres semanas para decidir si Trist era el compañero para ella, aunque sabía que ella no necesitaba ese tiempo. Estaba segura de la unión. Estaba enamorada... y no de mí. Ya no. Lo había arruinado por completo.

Por la forma en que seguía buscando a Trist, con el corazón en los ojos y el deseo ruborizando su piel me di cuenta, por primera vez, de la verdadera magnitud de mi error.

Trist no le escondía nada. Ni su necesidad, su deseo, su

corazón o su voto de protegerla y atesorarla. Mientras que yo había sido un cobarde, él fue valiente en sus sentimientos, reclamándola para que todo el universo la viera y reconociese. Y la conexión que compartían por los collares, donde él no podía esconderle nada, incluso si quisiera. No tenía duda de que si alguien en la flota la amenazara, Trist lo despedazaría miembro por miembro sin pensarlo dos veces. Y ella lo sabía, también.

Incluso yo sabía lo que ella significaba para él. Todo. Jodidamente todo. Las estrellas y las lunas y la razón por la cual respirar.

Si ella y yo hubiéramos usado collares durante nuestros meses de... *amigos con beneficios*, quizá las cosas habrían sido diferentes. Ella habría sabido cómo me sentía, incluso cuando yo no lo sabía. Pero había sido un tonto y escondí mis sentimientos de ella cuando estaba en mis brazos, en mi cama. Había renegado de mis verdaderas intenciones. Había sido egoísta, excusando mi falta de honestidad con ella al convencerme a mí mismo que lo hacía por *ella*, cuando la verdad era que solo lo había hecho pensando en lo que era más fácil para mí. No quise tenerla en mis brazos para volverme a ir. No quise verla llorar. No quise saber que se preocupaba por mí, o me extrañaba, o me necesitaba cuando no estuve ahí para ella. Hice de la misión mi prioridad, y mi debilidad lo segundo.

¿Pero ella habría sido feliz? ¿Habría estado completa? La prueba de novias mostraba claramente que ella quería más de lo que podía ofrecerle. Quería la dependencia y estructura de un prillon. Quería dos compañeros. Aunque Trist definitivamente era uno, yo quería ser el otro.

Miranda había sido la última en mi estúpida lista de prioridades y por eso yo estaba aquí ahora, en una nave de apoyo prillon tratando de demostrar mi valor a uno de los bastardos más duros y cabrones que había conocido.

Ah, él no actuaba de esa manera con ella. Había visto exactamente cuánto se arrodillaba por su mujer.

Pero pregunta a cualquiera en esta nave, a todo el batallón—como justamente yo lo había hecho por los últimos dos días—y a un guerrero que me informó que Trist era el más frío, calculador, duro y honorable veterano en la flota.

Vaya maldita suerte la mía. No debía ganarme a un hombre jovial; ni siquiera complaciente. No, Miranda había sido emparejada a alguien que era tan bastardo como yo.

Si hubiéramos intercambiado roles y él hubiese sido el que rompió su corazón, probablemente le habría asesinado.

Mi única salvación era la forma en que Miranda me veía, la manera en que sus emociones hacia mí, incluso las que no entendía, se hacían sentir en Trist. Sin duda, sus collares mágicos eran la única razón por la que estaba vivo. Miranda aún se preocupaba por mí, a pesar de todos mis errores. La conocía. Conocía su cuerpo. Su corazón. Ella era suave y tranquila, muy dulce y sumisa. Muy confiable y pura de corazón. Ella necesitaba a un duro cabrón que la protegiese, que la mantuviera a salvo: tanto mental como físicamente.

Por un tiempo, el duro cabrón había sido yo. Y fallé.

No me sorprendía el firme carácter de Trist. Su naturaleza dominante. Era jodidamente perfecto para ella. Y si estaba siendo honesto conmigo mismo—una nueva promesa que me hice tras mi primera noche durmiendo solo—le admiraba. Él *era* bueno para ella. Jamás le fallaría, jamás la traicionaría.

Pero después de haberla tomado juntos, Trist no me permitió volver a tocarla. La habíamos tomado varias veces esa noche, a veces ambos tocándola juntos, otras veces penetrándola individualmente, las otras mirando. Él me dijo que había probado mi habilidad para complacerla, pero no para protegerla. Era un trión. Pequeño. Débil. Incluso siendo parte de la C.I y un doctor, debía demostrarle a *él* mi valor, no como el amante de Miranda, sino como un digno segundo. Alguien de honor. Alguien que la mantendría segura y feliz, no solo en la cama, sino fuera de ella.

Y maldición, eso iba a ser mucho más difícil que hacer gemir y suplicar a Miranda por más en la cama. Me había echado a mis propios cuarteles esa noche. Dormí solo mientras él la abrazaba en la oscuridad. Envolviéndola en sus brazos y haciéndole el amor.

Mientras que otros hombres prillon desfilaban frente a ella, se inclinaban ante ella, besaban su mano y le ofrecían su protección frente a Trist. Él no había tomado la oferta de ninguno de ellos. Todavía.

Pero podía hacerlo. En cualquier momento, cualquiera de ellos podía alejarla de mí para siempre.

Maldición. Maldición. Maldición.

Quizá podía desafiar a Trist a un duelo.

Incluso mientras la sangre comenzaba a hervir al pensar en ser rechazado, atrapé a Miranda mirándolo a los ojos una vez más y suspiré. Ella amaba al bastardo. Conocía esa mirada. Alguna vez esa mirada se había dirigido hacia mí.

De nuevo estaba siendo egoísta. Pelear con Trist solo la lastimaría. ¿Y el otro pensamiento aun más perturbador que había estado reproduciéndose en mi mente desde nuestros juegos en la cama? Ella había sido emparejada con Prillon Prime. Esa noche había estado rota en miles de pedazos, cubierta por nosotros. *Necesitaba* dos compañeros para ser realmente feliz. Dos compañeros para su protección, seguridad y cariño. Lo que significaba que o aceptaba la idea de compartirla, o debía irme.

Y *eso* no iba a pasar.

Los niños hacían pequeñas bolas redondas con sus creaciones y las ponían en las pequeñas láminas de metal. Alineados tras ellos en una mesa estaban cuatro dispositivos pequeños que Miranda llamaba *horno eléctrico*. Cuidadosamente deslizaron las láminas adentro, con cuidado de no quemarse—las pequeñas máquinas eran peligrosas, como era de esperarse—y Miranda les indicó que girasen una perilla redonda en frente de él para establecer el tiempo.

No sabía nada de lo que eso significaba, pero trató de explicarme que la caja calentaría la mezcla de harina, la secaría, y ahí sería cuando las cosas blancas que llamaba *galletas* estarían listas para comer.

¿Por qué añadir líquido en primer lugar si se necesitaba que la harina estuviese seca para comerla?

No lo entendía, pero ella estaba feliz, y nadie se quemó por las trampas de fuego, así que me senté a observar y me aseguré de que nada la amenazara. Ese era mi trabajo como potencial segundo, ¿no? Y dormir solo. Había llegado a la conclusión de que en realidad quería estar con ella, como primero, segundo o décimo, no me importaba. Ella era mía y tenía toda la intención de enmendar mis errores y ganarme su confianza otra vez, incluso si ello tomaba el resto de mi vida.

Los niños apenas habían terminado de lavarse las manos cuando sonó una alarma.

Miranda se congeló y miró inmediatamente a Trist, su compañero, para mantenerla a salvo.

—¿Qué es eso?

Él me miró al otro lado de la sala, y me acerqué a

Miranda y los niños, poniéndome entre ellos y la puerta. Conocía el sonido. Era universal dentro de toda la Flota de la Coalición. Era la alarma de batalla. La pregunta era: ¿por qué aquí y ahora?

Trist tomó posición en frente de la puerta y puso la mano en el comunicador.

—Aquí Trist. Reporte.

Nada más que estática le respondía, y desenfundó la pistola de iones. No tenía una, pues Trist señaló —con enorme placer— que era un doctor, no guerrero.

Bueno, a la mierda eso.

Troté hacia la máquina S-Gen.

—Pistola de iones, gradiente cero-uno-cero.

—¿Código de autorización?

La computadora zumbó y Trist volteó a verme con asombro en los ojos. Le ignoré.

—Es el doctor Valck Brax, de la Central de Inteligencia, nivel de seguridad cero-uno-cero, código de acceso Tierra Miranda Doyle.

—Voz confirmada. Código correcto. Complete escaneo biométrico.

—Brax, ¿qué estás haciendo? —Miranda se acercaba, retorciendo las manos frente a ella mientras miraba a los niños—. ¿Y por qué dijiste mi nombre?

—Te estoy protegiendo.

Aparentemente, todos mis códigos de acceso seguían en el sistema de la Flota de la Coalición, y gracias a los dioses por eso. Si esta nave tenía las comunicaciones cortadas por las fuerzas de ataque del Enjambre, no sería capaz de acceder a un arma a menos que mi información ya estuviese guardada en su sistema.

Me paré frente al negro panel de escaneo con brillantes

barras verdes y esperé. Esta parte siempre quemaba un poco, pues el escaneo era más intenso que el que se utilizaba normalmente para las medidas de vestimenta. No muchos sabían que los escáneres también eran capaces de convertirse en plataformas de transporte, pero Trist lo sabría. Como yo. Y el arma que había solicitado estaba muy por encima del rango de doctor, reservada para los operativos de la Central de Inteligencia o comandantes de naves de guerra.

En cuanto al código de acceso *Tierra Miranda Doyle*, fue el que estuve usando por los últimos dos años desde su llegada a Trión con Natalie y el pequeño Noah. Mi obsesión por ella no se desvaneció ni debilitó con el tiempo. No quería hablar sobre eso. Ahora no.

Las brillantes luces de la máquina S-Gen se desvanecieron.

—Escaneo completo. Por favor despeje la plataforma de transporte.

Di un paso atrás y esperé mientras un arma negra especial aparecía. No la típica pistola de iones, esta podía ionizar a un enemigo por completo. No solo herirle o quemarle, sino convertirle en partículas más chicas que el polvo. Era solo para un alto nivel de seguridad. Ni siquiera Trist tenía una. No eran para usarse en batalla, pues la C.I no quería que cayesen en manos de nuestro enemigo, el Enjambre.

Envolví los dedos en el mango y sonreí hacia Trist, levantando las cejas.

—Bien, ¿qué pasa con este escándalo?

—Me mentiste, *doctor* —dijo, su voz tranquila y acusadora, incluso con la alarma a todo volumen.

Sacudí la cabeza.

—Me desterraste a mi dormitorio y no te molestaste en preguntar sobre mi historial.

Sus ojos se entrecerraron. —Discutiremos esto más tarde.

El joven prillon se abrió paso hasta mi lado, y mi atención saltó hacia él.

—¿Sabes cómo usar esa pistola?

Se veía ofendido, lo que había sido mi intención. Mejor molesto que asustado.

—Claro. Mis padres me enseñaron bien.

—Bien —asentí y puse la mano sobre su hombro—. Toma la retaguardia y prepárate en caso de que se transporten detrás de la señora Treval o los otros niños.

—¿Quién? ¿En caso de que *quién* se transporte? —preguntó Miranda mientras veía al joven guerrero tranquilizar a su hermana pequeña antes de ponerse en posición detrás de ella y los otros tres niños aún más jóvenes. El niño prillon sacó la pistola de dónde la tenía sujetada en la pierna—claramente no era un arma de práctica—y nos dio la espalda, mirando el otro lado de la sala. Buen muchacho. Bien entrenado.

—El Enjambre, compañera. ¿Recuerdas el otro día cuando estábamos en la cubierta de mando y había una discusión sobre las naves desaparecidas? Temo que esta nave es el siguiente objetivo.

Trist me miró y volví a dirigir la mirada a la puerta.

—¿Los comunicadores están muertos?

—Sí.

Su sombría mirada lo decía todo. Saldríamos de aquí peleando.

13

Miranda

¿Qué demonios estaba pasando? Nunca había oído ese sonido antes, pero instintivamente supe que no era nada bueno. No con la forma en que Brax y Trist se comportaban. La manera en que los niños pararon con lo que hacían y hacían fila en silencio. Ordenadamente. Me recordaba a un simulacro de incendio de escuela primaria, en la Tierra. Pero no estábamos saliendo. No había a dónde salir.

El departamento de incendio no vendría. Pero sí el Enjambre.

¿Aquí? ¿En esta nave? ¿En esta tonta y pequeña nave donde estaba horneando *galletas*? Incluso ahora el aroma de canela y vainilla se impregnaba en el aire. Maldito Enjambre. Iban a tratar de lastimarnos, y me harían quemar mis galletas. Vale, no debería ser tan impertinente sobre el Enjambre, especialmente con niños aquí.

—¿Trist? —pregunté—. ¿Qué quieres que haga?

—No temas, Miranda.

Me miró por encima de su hombro desde su posición frente de la puerta, y sentí algo que jamás había sentido antes en él. Miedo. No de que moriría, sino de que algo *me* pasase. Probablemente no estaba muy entusiasmado porque supiera sus más hondos pensamientos y sentimientos en este momento, pero definitivamente me ayudaba a permanecer calmada, para juzgar el nivel de peligro en el que nos encontrábamos metidos. Si él iba a protegernos, entonces debía mantenerme cuerda. Debía permanecer tranquila por los niños.

—No permitiré que nada te lastime, compañera —juró.

Sentí su determinación, su completa devoción hacia mí. Su voluntad de morir para mantenerme segura. Para mantener a los niños de otros a salvo. Esa última parte realmente me asustaba. No quería que muriese. Le necesitaba vivo. Todavía no le había dicho que le amaba. Ni siquiera había aceptado su reclamo, mi collar seguía siendo negro. Y el negro *no* era mi color. Le amaba. Lo hacía. Lo supe en la primera noche cuando estuve con él y Brax. Había estado aún más segura de ello cuando echó a Brax a los dormitorios de visitantes y pasó las siguientes dos noches haciéndome el amor, empujando mis límites, explorando las oscuras necesidades que no había compartido con él antes de que Brax apareciera. Mis pezones se endurecieron por el recuerdo.

¡No es el momento! *No* es el momento, pezones.

Resulta que a Trist le encantaba dominarme, en cuerpo y alma. Lo entendió rápidamente, que cuanto más mandón y demandante se volvía, más poderosa era mi respuesta. Ahora, *esos* habían sido momentos donde los collares resultaron de utilidad. Aún amaba a Brax, parte de mí siempre lo haría, pero sabía ahora que sería feliz con lo que sea que Trist decidiese. Someterme a él dentro y fuera de la cama era lo que quería. Lo que ansiaba.

Necesitaba.

Y si no sentía que Brax fuese digno, lo aceptaría, aceptaría un nuevo guerrero en la cama. Trist era mío y yo era suya. Amaba a Brax, pero no sacrificaría mi nueva vida, esta nueva felicidad, para tenerle. Si Brax no podía aceptarlo, entonces no me amaba realmente. Me entristecía pensarlo, pero algo que me enseñó la prueba de novias fue que no tenía que comprometer nada. Podía tenerlo todo. Lo merecía.

No aceptaría menos que la total devoción de un compañero. Incluso un segundo. Merecía lo mejor. Trist había reforzado esos pensamientos.

Trist bloqueó la puerta con su cuerpo para que no pudiese ver más allá de él.

Entonces Brax bloqueó mi vista de Trist.

El jovencito que había estado feliz sonriendo, riendo, haciendo galletas y molestando a su hermana pequeña ahora estaba parado tras nosotros con una pistola de iones levantada, en posición de batalla. Me había parecido cómico que usara una pistola en una funda, igual que un pistolero en el salvaje oeste, o un niño con una pistola de juguete jugando a ser adulto. Me di cuenta de que no estaba *jugando* a nada. Su hermana tenía harina en el cabello, pero obviamente amaba y confiaba en su hermano mayor, y él estaba preparado para protegerla, al igual que Trist lo estaba por mí. Cuando él la tocó en la cabeza mientras pasaba, ella sonrió y relajó su agarre en mi mano.

El jovencito le murmuró, en voz baja, pero le oí.

—No te preocupes. Voy a protegerte.

Sí, justo como pensé. Los prillones criaban bien a sus muchachos.

Su sonrisa era cien por ciento amor y completa confianza.

—Lo sé.

Se paró junto a mí, estoica y sin temor, mientras los otros niños pequeños se aferraban a mi lado como si su mundo estuviera a punto de acabarse.

¿Y Brax? Usaba la máquina S-Gen como un profesional y había creado un arma negra espacial que se veía aún más salvaje que la que apuntaba Trist hacia la puerta cerrada. Parece que había cosas que no conocíamos sobre Brax después de todo.

—Intenta usar el comunicador otra vez —dijo Brax.

—Ya lo hice. Nadie vendrá —respondió Trist, con la barbilla apretada.

Brax se tensó, su espalda se volvió rígida.

—La S-Gen es muy pequeña para transportarnos fuera de aquí.

Miré la máquina parecida a aquella que usaba para hacer helado en Trión. ¿Transportaba personas? ¡Dios, pude haberme enviado a Rogue 5 por error!

—No hay comunicaciones —respondió Trist—. No podemos contactar a la Zakar y no podemos iniciar transporte desde aquí.

Brax tomó un momento para digerirlo, al igual que yo. Mis hombres pensaban que la nave estaba bajo ataque y que no teníamos forma de contactar a la nave... o a nadie. O transportarnos desde este lugar. Dejar esta sala...

—¿Cuáles son tus órdenes?

Trist rodeó a Brax para verme primero a mí, y luego a los niños.

—Huiremos al transbordador. ¿Puedes pilotear?

Brax asintió.

—Sí.

—¿Valoración?

Mientras Brax recitaba una lista de cosas que no tenían sentido para mí, pero satisfacían a Trist—y le sorprendían, una reacción que sentí mediante los collares—debía mantenerme ocupada. Si solo estaba ahí sintiéndome inútil me volvería loca. Así que limpié, lo cual era ridículo ya que dejaríamos la sala en cualquier segundo. Pero los niños vieron que estaba tranquila, que las cosas no estaban tan mal para que me sintiese bien en organizar los suministros. Incluso limpié el mostrador lo mejor que pude con las manos. Qué desastre.

Hornear era desastroso.

Un sonido llenaba el aire y momentos después la puerta se deslizó, abriéndose.

Trist dio un paso atrás, con las armas al frente...

Nada. El pasillo estaba vacío.

Con una maldición, Trist disparó su arma hacia el espacio aparentemente vacío.

Me estremecí y quise cubrirme los oídos, pero corrí hacia las chicas y envolví los brazos sobre ellas.

Un fuerte golpe le siguió, y Trist disparó una y otra vez, hacia la nada.

Algo rodaba hacia Trist en el suelo.

—¡Abajo! —Trist gritó y se abalanzó sobre la cosa.

Me doblé, los oídos me zumbaban mientras un agudo silbido llenó la sala, seguido de un destello cegador.

—¡Bomba de plasma! —Brax maldijo y se movió en

posición junto a Trist, disparando hacia la misma nada mientras mi compañero trataba de levantarse del suelo.

¿A qué le disparaban? ¿De dónde vino la bomba de plasma?

Brax volvió a disparar, usando una mano bajo el brazo de Trist para ayudarle a levantarse. En el suelo, justo fuera de la puerta, un cadáver apareció de la nada. Como si fuera magia. En un segundo era invisible, al siguiente... ahí estaba. La criatura tenía la cara de un prillon, exceptuando que era mitad piel cobriza y mitad brillante metal que se veía como cromo pulido. Su cuerpo estaba cubierto por una extraña y reluciente armadura que jamás había visto, pero casi se veía como escarcha. Escarcha holográfica.

¿Por qué nos disparaba un prillon? ¿Qué era lo que tenía encima?

Aparté a los niños y nos agachamos detrás de la mesa donde habíamos estado horneando mientras Trist gritaba de dolor. Me estremecí, y luego entré en pánico cuando sentí el olor a piel quemada. Su agonía me invadía a través del collar de tal forma que me desplomé y jadeé por toda la intensidad.

—¡Trist! —grité, pero Brax me gritó antes de que Trist pudiese responder.

—¡Quédate abajo!

Bajé más las cabezas de las niñas, pero supe que Trist había sido herido. No lo suficiente para detenerle, pero estaba adolorido. Definitivamente fue lastimado por esa bomba plasma.

Junto a nosotros, el joven prillon, Var, comenzaba a disparar su arma también. Lanzó una advertencia, gritando:

—¡Hay más aquí atrás!

—¡Ve! —gritó Trist a Brax, y el hombre que solo había

visto como amante, o doctor, saltó al otro lado de la sala para ayudar al joven prillon con la velocidad de un cazador everiano que conocí una vez en Trión. Brax disparó y disparó su arma especial y un enemigo mágicamente apareció muerto en el suelo. Entendía ahora que este era el Enjambre. Este era el enemigo del que había escuchado, pero nunca creí que existiese cuando estuve en la Tierra. ¿Por qué eran invisibles? Brax no cedía, intercambiando disparos de iones con más atacantes. Era extraño verle disparando a alguien que no podía ver. No hasta que estuviesen muertos y luego aparecieran, por lo visto.

La niña pequeña miraba a su hermano, todavía sin miedo. Me atrapó mirándole, y la fe que vi en sus ojos casi me rompió el corazón otra vez.

—Var no dejará que me lastimen. Es fuerte, como nuestros padres.

¿Cómo alguien tan pequeño parecía tan confiado, tan tranquilo, en un momento como este? Yo era la que debía dar el ejemplo, pero parecía que ella era un ejemplo para mí. Pasé la mano por su cabello.

—Sí, lo es.

Dos disparos más hacia Brax. Parecía que los atacantes invisibles le consideraban un peligro mayor que el joven prillon. Tenían razón.

Pero no podía *verles* disparando.

Miré hacia la harina cubriendo el cabello de la jovencita y un pensamiento vino a mí como la explosión de una bomba plasma.

—¡Sí!

La euforia me llenó mientras una ingeniosa idea me sacudió. Aparentemente, Trist sentía mi emoción y mi determinación por ayudar.

—¡Quédate abajo! —ordenó Trist.

Muy tarde. Estaba de pie, el plato lleno con harina sin usar estaba en mi mano. Desesperada por ayudar, corrí al borde de la mesa, lanzando harina en el aire mientras pasaba. Primero a Brax y Var. Tres puñados de harina volaban en el aire como polvo de hadas en una película Disney y los invisibles se volvieron fantasmas cubiertos de blanco.

—¡Brillante, compañera! —gritó Brax mientras él y Var derribaban a los intrusos con disparos mucho más certeros.

Volteé para ver si Trist necesitaba mi ayuda para encontrar a sus invisibles oponentes, pero tenía dos cadáveres en los pies. El tercer intruso no lo podía ver, pero combatió con Trist en una pelea física. Era la cosa más extraña, como si Trist estuviese poseído, moviéndose, pateando, golpeando y disparándole a... la nada.

A la mierda con eso.

Corrí tan cerca como me atrevía y lancé más harina al aire donde sabía que, lógicamente, los asaltantes de Trist estarían. Un puñado. Dos.

El enemigo invisible se volvió blanco. Era enorme, y no era prillon.

Brax también vio al enemigo. Sus ojos se abrieron.

—Un maldito atlán integrado. Que los dioses nos ayuden.

Disparó al atacante de Trist, poniéndome detrás de él ahora que podía ver al enemigo. Una y otra vez el fuego de la pistola golpeaba al gigante guerrero del Enjambre. Aterrada de que Brax le disparase a Trist por accidente, no podía apartar la mirada de la pelea por supervivencia que se daba ante mí.

—¡Derríbalo! —ordenó Trist. Usando una fuerza que

solo podía imaginar, levantó al soldado del Enjambre en el aire y lo lanzó a varios metros de distancia.

En el momento en que se separaron, Brax y Var dispararon sin contenerse.

Cuando la bestia estaba tumbada, sin moverse, se detuvieron, tanto Brax como Var vieron a Trist, quien se tambaleó hacia atrás contra la pared, su respiración estaba entrecortada, sus hombros se inclinaban por la fatiga.

Trist miró al gran atlán, sangrando y destrozado en el suelo. Nunca había visto nada tan trágico en la vida, y las lágrimas se reunieron en mis ojos mientras pensaba en el gigante luchando por levantarse. Por seguir peleando.

—Hay nueve de nosotros. —El atlán se incorporó, sentado, y volteó para mirar a Brax—. Hazlo. Termina con este tormento.

Oh, Dios. Lo recordaba ahora. Había oído sobre lo que el Enjambre les hacía a esos soldados de la Coalición a los que capturaban. Los integraban, a unos más que otros, convirtiéndolos en máquinas de pelea para que atacasen a aquellos a quienes solían servir. Parecía que este atlán no había sido totalmente integrado. Sabía que era el enemigo, que no tenía salvación. Ni redención. La muerte era la única libertad de la prisión en la que las modificaciones de su cuerpo le tenían atrapado.

Él no quería pelear con nosotros. Sabía que era uno de los nuestros, pero no podía volver.

Dios, era tan horrible. Contuve las lágrimas mientras Brax seguía apuntando al atlán con la pistola, ajustando algo encima de ella. Brax se dirigió a él, el único soldado del Enjambre todavía vivo en la habitación.

—Muere con honor, hermano.

El atlán inclinó la cabeza y cerró los ojos en evidente alivio.

—Gracias.

Brax se inclinó ligeramente y disparó. El atlán brilló con tal resplandor que tuve que apartar los ojos. Cuando volteé a mirar, había polvo gris, más fino que la harina, donde el atlán había estado momentos atrás. Tragué el nudo en mi garganta, bajé la mirada y les sonreí a las chicas.

—Tres más —dijo Trist hacia el silencio, su poderoso cuerpo se deslizaba por la pared hasta que aterrizó sobre su trasero con un duro golpe. Su agonía me golpeó como si la hubiese estado frenando, protegiéndome, y ya no pudiera hacerlo. Como si estuviese perdiendo la consciencia.

—Trist. —Me apresuré hacia su lado, olvidando todo lo demás—. Trist. Oh, Dios mío. Estás herido.

Y lo estaba. Su pecho y hombros eran un desastre sangrante, como si hubiera estado en llamas. La sangre brotaba lentamente de su pierna en un flujo constante. No era doctora, pero sabía que eso significaba que tenía una vena rota, quizá incluso una arteria. Había tomado primeros auxilios básicos, pero, ¿un chorro de sangre no significaba arteria? No había chorros. Aun así, Dios, se estaba muriendo.

Brax estaba a mi lado, poniendo a Trist sobre su espalda. Volteó a ver a Var.

—Vigila la puerta. Cuenta hasta tres y dispara. Mantén limpio ese pasillo.

—Sí, señor.

Var se movió a su lugar y yo estaba asombrada de ver a su hermana correr a su lado, con el plato de harina en la mano. Se escondió detrás del marco de la puerta, lanzando puñados ciegamente por el pasillo para ayudar a su hermano.

Muy feroces para ser niños.

Brax me apartó suavemente y se quitó su túnica verde de doctor. Usándola como torniquete, arrancó un pedazo y estiró la tela alrededor de la pierna de Trist encima de la herida hasta que se quejó en protesta, pero al menos el sangrado se detuvo hasta convertirse en un pequeño goteo.

—Miranda se enfadará si mueres, así que contrólate, capitán.

La voz de Brax tenía la autoridad que usualmente venía de Trist.

Trist de verdad se rio ante ello, pero estaba muy estresada para apreciar ese hecho. Sabía que teníamos que ir al transbordador para salvar la vida de Trist. Y por el atlán que nos había dado la información y luego pidió que lo liberasen de su miseria, supimos que quedaban tres más de esas... *cosas*... en el camino.

Tomé la pistola de Trist de su débil mano y la apunté a la silla.

—Brax, muéstrame cómo usar esta cosa.

—No. —Trist comenzó a protestar, pero le ignoré.

—Ahora, Brax, o nunca os perdonaré a ninguno de vosotros.

Cuando Brax dudó, mirando a Trist por su permiso, Trist alzó las manos para envolverlas en las mías. Tembloroso y débil, curveó los dedos suavemente hasta que sostuve el arma en la posición adecuada.

—Apunta, compañera, y cuando estés lista, aprieta aquí.

No era exactamente como el gatillo de una pistola en la Tierra, pero se acercaba. Apunté y le disparé a la estúpida silla, separándola de sus patas. Bien. Si alguna de estas cosas pensaba que me quitarían a un compañero, les tocaría una sorpresa. Y era mejor que se lo pensaran dos veces antes de molestar a mis niños.

Me giré hacia Brax, feroz y lista para acabar con esto.

—Vámonos. Debemos sacar a Trist de aquí.

—De acuerdo. —Brax se veía sombrío, pero no asustado, y me dio esperanza de que todos sobreviviríamos a este desastre. Sabía que él era más que un doctor, pero no había hablado de ello con Trist durante nuestro tiempo a solas. Había estado mucho más interesada en explorar... *otras* cosas que hablar de Brax y sus misiones secretas, de las cuales técnicamente no sabía nada.

Misiones por las que ahora estaba agradecida, porque sabía cómo usar un arma—una jodidamente grande como una Howitzer—y también podía sacarnos de esta nave piloteando. Aparentemente podía pilotear cualquier cosa en la Flota de la Coalición.

Brax era una caja de sorpresas.

Pero seguía habiendo un problema. Trist era mío, y nunca le dejaría.

—¿Puedes cargarlo?

Trist protestó, pero tanto Brax como yo le ignoramos esta vez.

—Claro —respondió Brax. Exhalé con alivio.

—Bien. Larguémonos de aquí.

Ayudé a los tres niños restantes a cargar pequeños platos llenos de harina mientras Brax se echaba a Trist sobre los hombros en una versión modificada de lo que yo llamaba el transporte del bombero.

Trist iba y venía, diciendo mi nombre. Me mantuve tranquila y concentrada en lo mucho que lo amaba, en lo feliz que me hacía. Buenos pensamientos. Solo buenos pensamientos. Era mi turno de protegerle, incluso si era para mantenerle tranquilo por medio de la conexión de nuestros collares.

—Vámonos. —Brax se volteó hacia Var—. Iré delante. Señora Treval, detrás de mí. Luego los niños. Tú cuidarás nuestras espaldas.

—Sí, señor. —Var ni siquiera intentó discutir.

Ese pequeño guerrero merecía alguna puta medalla por esto. Y la señora Treval, asumiendo que sobreviviésemos, hablaría en persona con el comandante Zakar si tenía que hacerlo, y me aseguraría de que obtuviese una. Las niñas también.

14

Trist, nave Zakar

Nunca imaginé estar colgando del hombro de un trión que trataba de salvarme el culo en una batalla. Me dolía todo, pero al mismo tiempo, ningún punto específico era más doloroso que otros. La rapidez con la que Brax se movía para llevarme a la unidad médica abatía mi destruido cuerpo, sacándome el aire de los pulmones. El dolor no era tan malo como cuando la bomba plasma me golpeó por primera vez, pero solo porque mi piel se había quemado y sin duda mis nervios estaban muertos. Puntos negros bloqueaban mi visión del suelo y del culo de Brax; ambos me hacían querer desmayarme. Sentí sangre derramándose por mi pierna; líquido caliente contra la frialdad de mi piel. Me estaba muriendo. Era un guerrero. Estaba preparado para mi fin.

Pero no ahora. No hoy. Las cosas no estaban en su sitio.

Como compañero primario, no había velado por la protección de Miranda. No le había dado al segundo que merecía. Que necesitaba.

Moriría y ella estaría sola.

Era el peor de los compañeros porque ella no estaba protegida. No sería atesorada. En su lugar, estaría sola y perdida. Cada hombre sería una amenaza. *Todo* sería una amenaza. Habría un desafío por el derecho a reclamarla. Otro prillon tomaría lo que era mío...

Escuchaba voces, gritos. Órdenes. Vi pies y piernas moviéndose rápidamente, incluso desde mi posición de cabeza. Noté el color de las paredes, pensé en cómo combinaban con mis colores familiares. Me encantaba el verde.

—Necesito una cápsula ReGen. ¡Ahora!

Era la voz de Brax, pero con un bramido de mando que la hacía sonar casi prillon.

—Apuraos, por favor. Está muy herido.

Reconocí esa suave voz, aquella que iluminaba mi vida tanto como una maldita bomba de plasma. Miranda. Mi compañera. Incluso a través de la borrosa bruma de consciencia, podía sentir su temor, su desesperación. Quería calmar su mente, pero no pude, no porque no podía moverme, sino porque no encontré ni un jodido segundo.

Me apartaron del hombro de Brax y me acostaron en algo suave. Gruñí por la separación del músculo y por el choque de los huesos entre sí.

—Sangrado de arteria perineal —declaró Brax—. Torniquete aplicado. Quemaduras en el cuarenta por ciento de su cuerpo, específicamente en la parte superior del pecho y el abdomen. Se requiere el tiempo máximo de cápsula.

—Debemos quitarle la ropa —dijo alguien.

—Negativo. Las quemaduras tienen pedazos de tela en

ellas. Quitársela solo lo empeorará todo. Sanará con el uniforme puesto.

La voz de Brax era de mando y no toleraba discusión. Nunca había oído ese tono antes en él. Sonaba como... un comandante. Un guerrero.

Abrí los ojos. Parpadeé hasta que las cosas se aclararon. Alcé el brazo hacia Brax, quien escaneaba mi cuerpo con los ojos como si fueran una varita y pudiese sanarme.

Una varita de verdad, en la mano de otro, pasaba por mi rostro. No sentí mejora, por lo tanto, solo debe ser un escáner de heridas. Vi la tapa curvada de la cápsula ReGen moviéndose para encerrarme, y alcé la mano para que detuviera su curso.

—Espera —dije, mi voz era casi un susurro.

Lo repetí, usando casi toda mi energía para hacerla lo suficientemente alta para que me escucharan por encima de la tranquila charla.

Brax rápidamente se volteó para bajar la mirada y verme.

—La cápsula se cerrará. Vas a sanar.

Sacudí la cabeza, luego me estremecí.

—Todavía no.

Se agachó, dándome su oscura mirada penetrante. La mirada no solo de un doctor, sino un guerrero por mérito propio.

—Sí, ahora, o morirás y Miranda va a enojarse. Eso no es aceptable, prillon.

Si pudiera haber reído, lo habría hecho. Aquí estábamos, volviendo a discutir como lo hicimos con su llegada.

—Toma. —Estiré la otra mano y tomé el collar negro que estaba envuelto en mi muñeca. Lo había puesto ahí para mantenerlo conmigo hasta encontrar a un segundo digno. Solo entonces me lo quitaría. No había pensado que sería Brax. No esperaba que él fuese digno del honor.

Pero lo era. Había demostrado su valor durante el ataque. Protegió a nuestra compañera. Salvó mi vida, cargándome en medio de la batalla y eliminando a los soldados del Enjambre restantes mientras nos abríamos camino al transbordador que nos trajo de vuelta a Zakar. Me había protegido a mí, a nuestra compañera, y a los niños que habían sido confiados a nuestro cuidado. Era un hombre digno.

Era yo quien era débil. Estaba muriendo. Fui yo quien evitó proveer la seguridad de un segundo para mi compañera por mis asunciones sobre Brax.

Era un buen doctor. Un buen guerrero. Sería un buen compañero. Mejor que yo, ya que le había fallado a Miranda en la cosa más importante de todas: velar por su felicidad sin mí.

—Deja de moverte —soltó Brax—. Puedes ser un cabrón mandón cuando te recuperes.

—No. Ahora. —Mi respiración estaba entrecortada, como si hubiera estado luchando contra el Enjambre y no recostado—. El collar. Es para ti, mi segundo.

Sus ojos se encendieron.

—¿Dónde está Miranda? —exhalé.

Ante esas palabras, su cabeza apareció sobre mí, junto a Brax. Ah, era tan hermosa, incluso con una mancha de humo o tierra en la mejilla. Su cabello era largo y ondulado. Me sonrió, pero no llegó hasta sus ojos como de costumbre. Sentí su angustia.

—No temas, Miranda —dijo Brax, como si estuviera usando el collar ahora, como si pudiera sentir exactamente lo que ella pensaba y sentía—. Estará bien si me deja bajar la tapa y dejar que la cápsula haga su trabajo.

Le ignoré y mantuve mis ojos en los de ella.

—Lo siento, compañera.

Me dio una sonrisa con lágrimas. Se agachó cerca de mi, tanto que podía olerla. Brillante, y con el aroma de las flores de Prillon Prime.

—No hay nada de qué preocuparse —murmuró—. Ahora debes sanar.

Traté de sacudir la cabeza, pero dolía demasiado.

—Todavía no. Brax es tu segundo. No permitiré que me cure hasta que tenga el collar. Hasta que sepa que estás protegida.

Se quedó boquiabierta, y sus ojos se abrieron como los anillos del tercer planeta en este sector.

—Quieres...

—Él es digno —gruñí, interrumpiéndola—. Es honorable. Si algo me pasa...

—Algo ya te pasó —recordó Brax, apartando brevemente la mirada mientras alguien le mostraba una lectura de escáner. Asintió, luego me miró nuevamente— Es hora.

—Sí, lo es. Ponte el collar. Eres el compañero de Miranda tanto como yo. No permitiré que comience la ReGen hasta que sepa que está a salvo contigo.

Brax se paraba recto y vio a Miranda. Besó su frente, y luego silenciosamente—y con cuidado—tomó el collar de mi muñeca.

Llevándolo hasta su cuello, se lo colocó. Súbitamente le sentí también. Sus emociones. Su impulso de salvarme. Su actitud protectora no solo con Miranda, sino también conmigo.

Miranda jadeó, pues las nuevas sensaciones eran intensas.

Brax asintió una vez, seriamente.

—Tienes mi palabra, protegeré a nuestra compañera con mi vida.

Sentí la verdad y estaba satisfecho. Suspiré, cediendo al tirón de inconsciencia, a la gravedad de mis heridas.

—Bien.

—Sana, compañero, o yo mismo te mato —dijo Miranda, agachándose y tomando mi mejilla suavemente. Sus palabras estaban llenas de advertencia, pero su sonrisa ablandó su significado.

—Con Brax cerca, estaremos a salvo —respondí.

Sus dedos acariciaban mi mejilla con delicadeza, luego dio un paso atrás y bajó la tapa de la cápsula. Los miré a ambos, mi familia, a través del cristal traslúcido, y sentí su conexión hasta que el mundo se oscureció.

15

Trist, dormitorios privados, dos días después

Les sentí antes de verles. Mi familia. Y que los dioses me ayuden, eso ahora incluía al doctor de Trión, Brax. Ese hombre no era lo que esperaba. Era más un guerrero que un sanador. Estaba feroz y completamente enamorado de mi compañera antes de que conociese sobre su existencia.

Pero sentía su vínculo, incluso ahora; sus emociones pasaban por el collar en una tranquilizadora familiaridad que sabía que mi compañera necesitaba al tenerme herido. Su dolor y terror habían estado destrozándome más que la agonía de las quemaduras de plasma que cubrían casi la mitad de mi cuerpo. Y, aun así, una vez que acepté a Brax y añadí su fortaleza mental al vínculo familiar, ella se había calmado. Su voluntad de hierro y paredes mentales se envolvieron a su alrededor y se había calmado.

Incluso ahora, mientras me detenía en la entrada de mi

propio dormitorio, podía *sentirlos* a ambos. Su completa atención estaba en cuidar de ella y asegurarse de que estuviese a salvo. Estaba tranquilo. ¿Y mi compañera? ¿Mi mujer? ¿El más grande regalo con el que los dioses me habían bendecido?

Estaba preocupada, el sentimiento era una ebullición subyacente. Pero estaba contenta. No estaba en pánico. Se sentía... *segura*.

Brax era realmente un digno segundo. No solo había salvado mi vida durante el ataque del Enjambre, sino que ahora velaba por nuestra compañera mientras yo no podía, y se aseguraba de que fuese atendida. Amada. Protegida.

Había escogido bien. Y a pesar del hecho de que las tontas elecciones de Brax habían separado a Miranda de sus brazos, no podía evitar estar agradecido por el extraño giro del destino que los había llevado a ambos conmigo.

La puerta de mi dormitorio se deslizó, abriéndose silenciosamente, y entré para encontrar a Brax sentado en el sofá con Miranda acurrucada en su regazo, dormida. Su rostro estaba presionado en su cuello, y se aferraba a él. Usaba un suave vestido con un estilo que no había visto antes, y asumí que era de Trión. Era encantador; cada parte de la reluciente tela se ceñía en sus curvas. Parecía más un sueño que una realidad, y mi pene se puso duro. No quería esperar para reclamarla oficialmente. Para hacerla mía. No quería ninguna incertidumbre, y ahora que decidí que Brax sería el segundo, solo necesitaba el permiso de Miranda para reclamarla por siempre. No tenía dudas. Sabía que Brax—quien ya la había seguido por media galaxia—tampoco las tenía.

Levantó la cabeza e indicó que debo hacer silencio.

—Solo ha estado dormida algunas horas. Estaba preocupada por ti —murmuró.

—Lo sé. Puedo sentirla.

Y podía. Incluso estando inconsciente en la cápsula ReGen, había soñado con ella y sabía que estaba cerca.

Abriéndome paso a la habitación de limpieza, me deshice de las prendas médicas que me habían puesto cuando me desperté y entré al tubo de ducha. El uniforme que usaba había sido retirado y desechado, y no extrañaba el olor de la carne quemada. De la batalla.

Del miedo de Miranda.

No me demoré mucho tiempo, pero me lavé el suceso del ataque incluso mientras me preguntaba si Miranda querría tanto el collar como los adornos trión. Recordarla usando las gemas verdes hacían que me acariciase el miembro con un rugido. Dios, era tan hermosa. No me importaba lo que usara. De hecho, la prefería desnuda. Pero sería su decisión, y honraría las tradiciones de Brax si eso era lo que mi compañera deseaba.

Cualquier cosa para ella. Cualquier cosa para asegurarme de que supiese cuánto la amaba y necesitaba. Nunca había necesitado a otro ser viviente. Ni hombre ni bestia. Pero ahora, la necesitaba. No solo su presencia, su alegría por la vida. Su luz. Su risa y felicidad. Necesitaba sentir la satisfacción de ponerla caliente y cansada y satisfecha.

Estaba harto de esta guerra. De matar. De ver a mis amigos y guerreros morir. Necesitaba una razón para seguir luchando. Y esa razón estaba acurrucada en las piernas de mi segundo, confiándole su protección mientras sanaba. Confiando en que regresaría a ella.

Esa confianza me hacía sentir humilde, y no la daría por sentada.

Apagué los chorros de agua y me sequé rápidamente, regresando a la habitación principal donde Brax y

Miranda permanecían exactamente igual a como los había dejado. Estaba desnudo, ansioso de sentirla en cuerpo y mente.

Pero ahora estaba hambriento. No por comida, sino por ella. Era hora de reclamarla.

Brax me miró y la sonrisa en su rostro casi me hizo reír.

—Veo que estamos ansiosos.

—¿Y tú no? —pregunté—. Eres mi segundo, Brax. Al aceptar el honor prometes proteger con tu vida a Miranda y a cualquier niño que podamos tener.

Su rostro pasó de asombrado a serio.

—¿Estás seguro? No permitiré que cambies de parecer solo porque estabas medio muerto cuando me diste el collar. Ella es mía. Cualquier niño, tuyo o mío, lo amaré y protegeré. Serán parte de ella y lucharé hasta la muerte por mantenerla.

Cuento con eso.

Nuestras miradas se fijaron y el vínculo que compartimos por los collares amplificaron lo que ambos estábamos sintiendo. Posesivos. Protectores. Excitados.

Miranda debió haber sentido que pasaba algo, pues se agitó. Sus ojos se abrieron y miró a Brax antes de darse cuenta que estaba en la habitación.

—Hola. —Su sonrisa era dulce y reconfortante, llena de confianza. Ella lo amaba, la fuerza de su emoción era una descarga en mi sistema ahora que también podía sentir el amor de Brax por ella.

—Saludos, compañera. ¿Has descansado bien? —preguntó, apartando tranquilamente un mechón de cabello de su rostro.

—¿Cómo está Trist?

Brax estalló de risa y subió el rostro para verme. No

había resentimiento en su mirada, pues podía sentir su amor al igual que su preocupación por mí.

Miranda volteó la cabeza, miró mi cuerpo desnudo y gritó, retorciéndose en las piernas de Brax para saltar a mis brazos. Su amor por mí me golpeó con fuerza mientras la atrapaba. No era lo mismo que sentía por Brax. Con Brax sentía confianza y deseo; el sentimiento de que era mimada. La hacía sentir hermosa y deseada.

Sus sentimientos por mí eran una mezcla de necesidad, y mientras me abrazaba con toda la fuerza de sus pequeños brazos humanos, abrazándome tan fuerte como podía, aferrándose a mí como si no pudiese respirar sin mí, me sentía satisfecho.

—¿Aceptas mi reclamo, compañera? ¿Me aceptas como tu hombre principal o quieres escoger a otro?

—Cállate, Trist. Eres mío. —Ella estaba llorando y riendo al mismo tiempo, una capacidad que no comprendía.

—¿Entonces aceptas mi reclamo?

Normalmente, esto se haría en una sala con guerreros prillon, elegidos para honrar a la mujer y jurar protegerla si algo les pasara a sus compañeros; para acudir al ser llamados por ellos. Pero Brax era trión, y sabía, por la mueca posesiva con la que nos veía, que no deseaba compartirla en la costumbre tradicional prillon.

—Sí, Trist. Acepto tu reclamo.

Brax se puso de pie tras de ella y me di cuenta de que usaba ropa holgada, la cual se quitó rápidamente. Cuando también estaba desnudo, caminó a una pared y abrió un pequeño compartimiento. Volteó hacia mí y Miranda, probablemente notando la súbita seriedad de su humor, me soltó lo suficiente para voltear a mirarle.

—Mandé a fabricar algo, Trist, allá en Trión. Lo hice

transportar a la nave mientras sanabas. —Brax caminó hacia adelante y extendió la tela verde y oscura que estaba doblada sobre sí misma varias veces.

Desenvolvió los contenidos y no vi pinzas, sino anillos de pezones. Estaban a la vista, en la forma en que tomarían el cuerpo de nuestra compañera, uno para cada pecho y otro para su clítoris. Había una delicada cadena de oro colgando de las gemas verdes y oscuras de cada anillo, y dentro de las cadenas había pequeños discos con símbolos alternándose. Uno era el símbolo de la Casa Treval, el mío. El otro jamás lo había visto, pero asumí que pertenecía a la familia de Brax en Trión. También habían brazaletes dorados para sus muñecas, decorados con gemas verdes, y un elaborado collar que se veía como las delicadas curvas de una telaraña en dorado y verde. Dos grandes anillos estaban fijados arriba.

Brax parecía complacido consigo mismo. —Hice que intercambiaran la mitad de los sellos con el símbolo de la familia Treval de Prillon Prime.

Eran hermosos y parecían ser de la mejor calidad. Hechos a mano, no producidos por una máquina S-Gen. Las uniones eran muy delicadas e imperfectas.

Miranda se escurrió de mis brazos y se desplomó en sus rodillas para inspeccionar el regalo, pero no lo tocó. En lugar de eso, me miró para pedir permiso. Aprobado. Podía sentir su deseo por ellos, pero su necesidad por complacerme venía primero. Si decía que no, los regresaría sin arrepentimientos.

Ese conocimiento era inspirador.

—Son hermosos, compañero. Y se verán aun mejor sobre tu cuerpo.

Su sonrisa hizo que me arrodillara, y me moví hacia ella para separar el collar de la suave tela.

—Levántate el cabello, Miranda. Déjanos adornarte.

Brax se arrodilló a su otro lado, y su expectativa alimentó a la mía. No podía esperar a ver a nuestra compañera adornada en dorado y verde. El verde combinaba con los collares de la familia Treval, y haría que nuestra compañera se viese como algo salido de una leyenda. Una diosa de carne y hueso.

Con una sonrisa que comenzaba a disfrutar demasiado. Brax deslizó un anillo sobre su dedo y me ofreció el otro.

—¿Esto qué hará? —pregunté.

Miranda se estremeció, su lujuria repentinamente se volvió un infierno en los collares.

Interesante.

Miré a Brax y alcé las cejas.

Él reía. —Ya verás.

16

Brax

Este era mi sueño hecho realidad; no exactamente como lo imaginé, sino mejor. Miranda necesitaba a Trist. Yo la había herido, la dejé sola cuando me necesitaba en esos largos meses en Trión. Rompí un lazo de confianza—no, no lo había roto, su anterior compañero terrícola sí lo había hecho—pero había reforzado la idea de que no podía depender de que un hombre estuviese ahí para ella. Que la pusiera primero. Hacerla una prioridad en su vida.

Trist había sanado la herida en ella. Incluso ahora, mientras yacía tendida en la cama ante mí y le ponía los piercings en el cuerpo, lo miraba por seguridad. Fuerza.

La besó, acarició y le dio placer con la mano y la boca mientras yo adornaba a nuestra compañera con las más hermosas esmeraldas que fui capaz de adquirir. Cada piercing sanaba instantáneamente con la varita ReGen que sostenía sobre su cuerpo. Ella no sentía dolor mientras le ponía las joyas verdes en sus exquisitas curvas. Que los collares de unión de la familia Treval fuesen casi del mismo color que las piedras parecía una confirmación de los dioses de que todo había terminado tal y como debía.

Miranda era mía. No tenía que renunciar a mi necesidad de sentir como si estuviera haciendo una diferencia. Allá afuera los doctores eran muy demandados, el flujo de guerreros heridos que necesitaban atención salvadora era casi constante. La transferencia oficial había sido fácil: apenas el comandante Zakar vio el collar verde en mi cuello, me dio una palmada en la espalda y me dio la bienvenida a la tripulación de la nave Zakar.

Ahora era parte de esta guerra. Allá, en el espacio. Un giro en mi vida que jamás esperé. Y bueno, tampoco había esperado a Miranda.

Los senos de mi compañera estaban adornados exquisitamente, y posé las yemas de los dedos en los labios de su húmedo centro de placer para buscar el clítoris, tentándolo desde su escondite para adornarlo también. Trist deslizó dos dedos en su mojada y ansiosa vagina, con el pezón en la boca; la follaba lentamente con los dedos mientras jugaba con su clítoris, haciéndola retorcerse antes de ponerle el segundo anillo.

Jadeó, sus manos se retorcían en las sábanas incluso mientras su cuerpo se doblaba debajo de mí. Ella estaba tan excitada, ardiendo tanto por nosotros, que mis manos temblaban mientras terminaba la segunda perforación.

Con eso listo, y sanado por la varita ReGen, dejé la varita a un lado y le di a Trist los brazaletes que había ordenado para las muñecas de Miranda. Sabía que no usaría vestidos Trión aquí, en una nave prillon, y quería ser capaz de ver sus adornos sin importar lo que usase. Las bandas circulares y delicadas eran solo el inicio. También había comprado oro y redes esmeralda para su cabello, anillos para sus pies y sus dedos, cadenas de oro para sus tobillos y gemas colgantes para sus oídos.

Con una intensidad que yo también sentí, Trist alzó primero su mano izquierda, luego la derecha, deslizando una cantidad de brazaletes en cada mano. Ambos dimos un paso atrás, admirando a nuestra compañera mientras ella se mostraba en la cama, desnuda, adornada, hermosa más allá de lo imaginable.

Excitada. Húmeda. Su vagina resplandecía en la luz, y era casi tan reluciente como el oro y las joyas.

Ahora. La quería *ahora*.

No tenía idea de si el pensamiento vino de Trist o de mí mismo, pero no desperdicié tiempo, caminé directo al armario donde aguardaba el magnífico dispositivo lubricante. Para cuando regresé, Trist se había acercado; sus dedos trazaban las cadenas entre sus pezones y el clítoris como si estuviera hipnotizado. Extendió la mano, y ella se veía como una reina mientras ponía su mano sobre la suya, y los anillos y brazaletes resplandecían en la luz, acompañando perfectamente a las joyas encadenadas que adornaban su cuerpo.

—Dioses, eres hermosa, Miranda.

Había asombro en su voz. Admiración. Yo sentía lo mismo.

Sus palabras la complacían, su felicidad ante su honesta adoración era un sentimiento como de caramelo derretido cubriendo mi agrietado corazón. Estos collares eran un regalo de los dioses mismos, al igual que nuestra compañera.

Añadí mi devoción y deseo a la suya, invadiéndola con fuerza mientras se paseaba por nuestro dormitorio con sus nuevos adornos, y la tensión crecía. Estaba contento al permitir que el momento se hiciese más intenso, que aumentase su expectativa, su placer. Estaba inclinado a ser paciente.

Su compañero principal, no tanto.

—Suficiente. —Trist se movía como el guerrero que era, con velocidad, y ella estaba jadeando y riendo mientras él la estampaba contra la pared y reclamaba su boca.

—¿Aceptas mi reclamo, Miranda? ¿O deseas escoger a otro compañero principal?

No había risas en su voz cuando le respondió.

—Ya respondí esa pregunta, capitán Treval. ¿Tiene problemas en los oídos? ¿Quizá debería escoger un compañero que pudiese escuchar el primer...?

Sorpresa. Lujuria. Su espalda contra la puerta. Trist la había levantado a mitad de la frase y la empaló en su pene, embistiéndola con un ritmo que hacía que su cabeza volase de un lado a otro mientras respiraba fuertemente con cada golpe de sus caderas.

Gruñó en respuesta, sus labios bajaban hasta su frente mientras la follaba. Duro.

—Maldita sea, Trist. Espérame.

Volteó la cabeza y la salvaje sonrisa que vi me hizo saber que no habría espera. Tendría que tomar lo que era mío, y yo quería follar ese apretado culo. Hacerla perder el control. La quería gritando mi nombre, no el suyo. El mío.

Le devolví la sonrisa mientras los suaves gemidos de Miranda me llevaban a la acción, con el dispositivo lubricante en la mano.

Desafío aceptado.

Miranda

La pared se sentía caliente contra mi espalda. No fría. Ya no. El enorme miembro de Trist me llenaba y cada estocada me subía más y más por la pared; su cuerpo golpeaba el nuevo piercing en mi clítoris, empujando la cadena que colgaba y unía mis pezones. Era erótico. Pecaminoso.

Endemoniadamente caliente. Dios. Era tan caliente tener a Brax mirando, esperando para atacar.

Alzando los brazos por encima de mi cabeza, supe que Trist respondería de inmediato esta vez. Ahora él me conocía, sabía lo que necesitaba.

No estaba decepcionada, su mano apareció para inmovilizar mis muñecas sobre mi cabeza; su agarre era fuerte pero no doloroso, solo lo suficiente para dejarme saber que no iría a ninguna parte hasta que hubiese terminado conmigo. Estaba a su merced, y mi cuerpo se encendió como fuegos artificiales mientras me follaba. Duro. Más duro.

Brax observaba. Esperando. Era como un Adonis, un oscuro y sensual dios admirando su obra. Y sabía exactamente lo que estaba sosteniendo, el juguete anal que estos prillones habían inventado para sus compañeras. Pronto, estaría follándome también, su piel oscura contrastaría con mi palidez y los tonos dorados de Trist. Su oscuro cabello era como seda entre mis dedos. Su aroma se mezcló con el de Trist hasta que me encontraba ahogándome en ambos.

Trist me embistió y yo apreté las piernas contra su cadera, apoyando los talones en sus caderas. Más. Quería más. Los quería a ambos.

Besó mi frente, miró a Brax y luego se agachó y me mordisqueó la oreja. Y el hombro. El dolor era mínimo, pero me hacía gemir su nombre.

—Trist.

—Córrete para mí, compañera. Ahora. Quiero que Brax sepa quién te está dando placer.

¿Brax? ¿Qué pensaría Brax?

La ola de calor que venía de los dos hombres me golpeaba a través del collar, y perdí el control mientras Trist empujaba más profundo; mi vagina comenzaba a contraerse alrededor de su pene.

Me estremecí, mi cuerpo explotaba mientras Trist me tenía atrapada. No tenía otra elección que someterme, rendirme. Y eso me elevaba mientras los temblores corrían a través de mí, llevándome a un segundo orgasmo.

—Todavía no, compañera. —Ese era Brax, su voz rugía junto a mi oreja. Me volví a un lado para verle parado junto a nosotros.

—Brax.

Él mantuvo los ojos encima de mí, pero le habló a Trist.

—Voltéate, Trist.

Trist soltó mis muñecas, sus manos iban hasta mi culo mientras él hacia lo que pidió Brax. Y había sido una petición de algún tipo. Cuando se trataba de follarme, parecía que mis compañeros habían llegado a una continua tregua y entendimiento.

Mis compañeros. Míos. Dios. Ambos de ellos eran míos.

Trist, de espalda contra la puerta, me levantó por el culo, presentándome para Brax. Momentos después, los labios de Brax estaban presionados en mi hombro y sus dedos encontraron la apretada abertura en mi culo, y derramó el lubricante prillon dentro. Me llenó con el caliente líquido. Me penetró suavemente con el pequeño juguete antes de sacarlo.

Mi vagina se contraía, apretando a Trist como un puño, y su gruñido parecía apurar a Brax. Puso su pene en mi entrada y comenzó a deslizarlo adentro, estirándome, llenándome hasta que estuve llena, absurdamente llena de mis hombres; exprimida entre ellos, protegida, a salvo y amada.

Me estremecí y recosté la cabeza sobre el pecho de Brax; era la única forma en que podía tocarle, dejarle saber cuánto lo amaba. Cuánto los amaba a los dos.

El amor me llenaba de algún lado en lo más profundo de mí. No era una explosión, no se sentía orgásmico, sino como el viento o el sol sobre mi piel. Era como respirar. Simplemente *era*.

Trist se estremeció, sus manos apretaron mis caderas.

—Miranda.

Enterró las bolas bien dentro de mí. Brax mantuvo las caderas quietas, sus manos se envolvían a mi alrededor para jugar con los adornos en mis pezones, trazando la línea de oro por mi barriga mientras bajaba la cabeza y me besaba de nuevo en los hombros.

—Dioses, mujer, nos vas a matar con eso.

Me reí, no pude aguantarlo. —¿Con qué?

—Amor, compañera. —El rostro áureo de Trist era muy solemne, muy dolorosamente hermoso. Mi compañero, aquel que me hacía sentir completamente segura, absolutamente perfecta. El compañero que finalmente había sanado todas las grietas y roturas de mi corazón—. Con amor.

Me tomaron lentamente, con la mirada de Trist fijada en la mía me follaban, como si estuviera asustado de que desapareciese. Brax acariciaba cada centímetro de mi piel, jugaba con los adornos en la forma que siempre había imaginado, haciéndome sentir hermosa. Reclamada. Atesorada.

Nos vinimos juntos, mi orgasmo los llevó al borde conmigo; y cuando terminamos, mis compañeros disfrutaron inspeccionando mi cuello y el collar verde que nos hacía una familia.

EPÍLOGO
TRES MESES DESPUÉS

Miranda, dormitorios de Natalie y Roark, ciudad Xalia, Trión

—Diablos, Miranda. Es grande. —Natalie se inclinó y murmuró—. ¿Es así de grande... *por todas partes*?

No podía evitar reír ante su pregunta y los tres compañeros, Roark, Brax y Trist, voltearon sobre sus hombros para mirarnos. Nos habíamos transportado al planeta y llegado a la casa de Natalie y Roark. Roark conducía a mis compañeros a la habitación familiar donde podía escuchar a Noah hablando, probablemente contándole a su hermana menor que tenían visitas.

Vaya, ver a esos tres juntos era toda una vista. Musculosos y todo lo bueno que puede tener un alfa. Había envidiado lo que Natalie tenía con Roark, pero ya no más. Tenía *dos* compañeros que eran todos míos.

Natalie conocía bien a Brax, pero no había conocido a Trist. Y yo no había sido capaz de hablarle mucho a mi mejor amiga desde que me había hecho la prueba y transportado a la nave Zakar, y ella había estado desinformada de todo por lo que había pasado exceptuando el hecho de que fui emparejada a un prillon.

Sonreí.

—Sí, grande. *Por todas partes.*

Ella me abrazó otra vez y luego suspiró, abanicándose. Comencé a seguir a los chicos, pero la mano que puso en mi brazo me detuvo.

—¿Eres feliz? —Su mirada buscó a la mía—. Sé que Brax fue algo tonto por un tiempo, pero no creo que fuese su intención. De hecho, diría que solo estaba siendo un típico despistado miembro de la especie masculina.

Pensé en Brax, en lo mucho que había cambiado en tan poco tiempo. De ser el "tonto" al que había abandonado, a ser el compañero que era ahora. Comprometido. Siempre presente. Dominante.

Sentí el peso de la cadena que colgaba entre mis senos, el ligero tirón que daba en los anillos de pezón. Sentí los medallones, calientes y más pesados en la piel de la parte superior del abdomen. Ahora usaba blusas sueltas, porque a pesar de que a los compañeros trión les gustara lucir el hecho de que habían sido reclamados, Trist prefería mantener mis... adornos... para sí mismo. Mis dedos fueron al collar sobre el cuello, el signo visible de ser su compañera. De ser suya. Trist era muy posesivo y no le gustaba compartir con nadie que no fuese Brax. Y aunque no admitiría en voz alta a Brax que le encantaban los anillos y la cadena, podía sentir cómo le ponía caliente mirarlos. En cuanto a Brax, fue de querer lucirme a mantenerme para sí y Trist. Aparentemente, Trist lo convenció de la manera de pensar prillon.

Bueno, era eso o las miradas interesadas que me estaban dando otros guerreros en la nave. Trist me aseguró que ninguno volvería a irrespetar a la señora Treval, y no lo habían hecho. Pero eso no significaba que los guerreros no admirasen a la compañera de Trist.

Un hecho que distraía a Brax. El hecho de que alguna vez le creyera desinteresado ahora parecía un concepto alienígena. Alienígena. Me habría reído de eso, excepto que ahora estaba emparejada con dos de ellos.

—Fue un tonto —admití—. Pero varias veces nos demostró a Trist y a mí lo que vale.

En la habitación familiar, Roark estaba tendido en el suelo, se apoyaba en una rodilla, junto a la pequeña Talia, que estaba tumbada en una sábana verde y clara. Noah estaba ondeando un juguete para que ella pudiese verlo. Sus pequeñas piernas se agitaban en el aire, claramente felices.

Trist se sentaba en la silla, con la espalda recta, mirando.

No, más bien cuidándome. Y le adoraba por eso.

Brax se acercó a mí, envolvió un brazo en mis caderas y besó mi frente.

Cuando Noah me vio, su pequeño rostro se iluminó; le dio el juguete a su padre y corrió hacia mí.

Me desplomé en las rodillas y envolví su suave y pequeño cuerpo en un fuerte apretón.

—¡Eh, compañerito! Creo que creciste unos treinta centímetros desde que te vi por última vez.

Acarició mi mejilla con la mano.

—¡Lo hice! Mami dijo que comer vegetales me hace grande.

—No le digas a tu papi, pero si sigues así, algún día serás más grande que él.

Se acercó, susurrándome en la oreja, aunque no era muy callado.

—Mucho más grande.

Roark echó la cabeza hacia atrás y se rio. Natalie cargó a Noah y le dio besos y abrazos, lo que le hizo hacer risitas.

—Siento tu necesidad, compañera. —Brax murmuró mientras veía a mi mejor amiga con su hijo. No envidiaba a su compañero, pero sí a sus niños. Hermosos, dulces y preciosos niños.

Aunque solo había estado emparejada por corto tiempo, mis ovarios se descontrolaban. Cada vez que la profunda voz de Trist me ordenaba desnudarme o cada vez que Brax añadía otra cadena que conectaba los anillos de mis pezones a una pinza en el clítoris—adornado con una gema verde, por supuesto—ansiaba no solo sus penes, sino el bebé que podrían darme.

Que ya me *habían* dado.

Antes de que nos fuéramos de la nave de guerra, apenas había descubierto que estaba embarazada. Había sido el mismo Brax quien me dio mi última inyección de anticonceptivos, pero eso fue hace varias semanas, la última vez que estuvimos en Trión. Había pasado más de un mes desde la inyección y la prueba. No había pensado en ello siquiera. Trist nunca había preguntado. Para ser honesto, no había pensado en niños cuando Trist me reclamó. Entonces Brax apareció e hizo que mi vida fuese un caos. Ah, quería niños, siempre los quise, pero nunca con una brutal intensidad que dijese *ahora mismo*, pues antes de ser emparejada, no lo había considerado una verdadera posibilidad.

Pero ahora era mucho más que una posibilidad. Con la cantidad de sexo que habíamos tenido, la cantidad de veces que se habían venido dentro de mí, probablemente estaba embarazada con trillizos.

—Siento... —comenzó, luego se detuvo. Gruñó—. *Gara*.

Ah, demonios, los collares. No estaba segura de cómo lidiarían Brax y Trist con el anuncio de que habíamos hecho un bebé, ya que no lo habíamos hablado. No lo esperábamos. No tenía idea de si ellos realmente querrían uno. Debí preguntar. Quizá ellos no querían niños. O quizá sí, pero aún no. Trist podría enloquecer. Tenían la tecnología del Enjambre que habían tomado de los soldados muertos que nos atacaron, pero la Coalición seguía intentando descubrir cómo hicieron la armadura de camuflaje. Querían hacerles ingeniería inversa a las cosas. Descubrir cómo detectarlas.

La nave de guerra podría no ser segura para un bebé. ¿Trist se molestaría? ¿Estaría enojado por no haberles preguntado primero? ¿De que tendría un niño que proteger aparte de su compañera? ¿Brax estaría preocupado de que no hubiese recordado la inyección de anticonceptivos?

Ay, Dios. ¿Acaso querrían un bebé, siquiera?

Trist se levantó de su silla.

—¿Qué pasa, compañera?

Vio alrededor de la habitación, sintiéndose alerta al instante. Su comportamiento era una señal para Roark de que algo estaba pasando y tomó a la pequeña Talia en sus brazos con una agilidad que no esperaba. Llegó al otro lado de la habitación, y tenía el brazo sobre Natalie antes de que pudiera parpadear.

—Diablos, chicos. Nada está pasando —dije, calmándoles.

Roark no se apartó de su familia, pero le dio el bebé a Natalie y sacó el arma.

Trist cruzó la habitación en tres zancadas.

—Algo está mal. Puedo sentirlo. Miedo. Pánico.

Suspiré desde mis adentros. Esto *no* era como me había imaginado que les daría la noticia. Pensé en quizá velas y champaña y un pequeño y sensual vestido verde con mallas por todas partes...

—Tiene miedo de decirnos que está embarazada —dijo Brax.

Alcé la mirada hacia él, vi la manera en la que la comisura de sus labios se alzaba. A través del collar, sentí la rápida sensación de alivio que soltaron mis rodillas, pero Brax me envolvió con un brazo y me atrajo hacia él. También sentí satisfacción, felicidad e incluso algo de orgullo masculino.

Exhalé profundamente, sin darme cuenta de que había dejado de respirar.

—Compañera —gruñó Trist, apartándome del brazo de Brax y poniéndome en el suyo. Me apretujó la cara con su pecho y me sostuvo con tanta fuerza que apenas podía moverme.

—Trist —dije—. No puedo respirar.

Me soltó rápidamente, y me miraba como si *él* fuese el doctor.

—¿Estás bien? ¿Mareada? ¿A punto de desmayarte?

Entonces me reí, pensando en que un usualmente controlado prillon poniéndose nervioso era muy divertido.

—Ah, tu risa, compañera —dijo—. Solo espera hasta que tu vientre esté redondo con un niño y estés caminando por ahí como... ¿Cómo le dicen en la tierra?

—Un pingüino —refunfuñé al mismo tiempo que Natalie decía "Será como una ballena encallada".

—Así estuviste tú también, *gara* —dijo Roark a Natalie—. Dos veces. Creo que deberíamos tener otro.

Comenzaron a discutir sobre quién tendría a su tercer hijo mientras Trist y Brax se acercaban tanto que no podía ver a Natalie o a su familia muy bien.

—Chicos, estoy bien.

—Vas a tener a un niño —sentenció Trist.

—No está enferma —recordó Brax—. Ven a sentarte. No deberías estar parada tanto tiempo.

Me llevaron hasta el sofá y volteé los ojos. —Puedo *pararme* mientras estoy embarazada.

—Debemos regresar a la nave ya mismo —dijo Trist, poniéndose de pie.

—Todavía no voy a tener al bebé. Probablemente en ocho meses o más. Tenemos tiempo. —Observé mientras recorría su suave cabello con la mano.

—Siento tu diversión —dijo, fulminando a Brax—. ¿Cómo puedo proteger a Miranda *y* a un niño?

—Tiene dos compañeros —recordó Brax, como si estuviese ofendido.

—Eso no ayuda, Brax. Cuando tengamos cuatro niños, serán más que nosotros. ¿Cómo lo afrontaremos, segundo? —preguntó a Brax—. Requeriremos de una estrategia de batalla.

Brax asintió.

—Habremos de formular un plan inmediatamente al regresar a la Zakar.

Alcé la mano. —Chicos, debéis relajaros. ¿Y qué es eso de *cuatro* niños? ¿Cuatro?

Ambos me miraban y sonreían.

—Disfrutaste haciendo el primero —dijo Brax, meneando las cejas como hacía Natalie muchas veces.

No podía discutir con eso.

—No soy una yegua de cría. Vamos a ver cómo nos va con el primero.

Ambos fruncieron el ceño.

—¿Qué es una yegua de cría? Siento que no es algo bueno. Como tus compañeros, nos aseguraremos de que jamás seas una —dijo Trist.

Eran el dúo dinámico.

—Entonces, como dije, veamos cómo nos va con el primero —refunfuñé.

Trist se volvió tan pálido como una sábana, y luego miró a Brax.

—¿Cómo nos va? ¿Y por qué no *iría bien*? Brax, debes ponerla en una cápsula ReGen inmediatamente. Debe ser escaneada. ¿Trajiste tu equipo médico?

Natalie reía y Roark se acercó, con su modo listo para la batalla apagado. Le dio una palmada a Trist en la espalda.

—Ya hice esto dos veces. El miedo de que algo le pase a tu compañera se calmará en el momento en que veas a tu bebé. Entonces temerás por él... o ella.

Él sonreía. Trist no. Mordí mi labio para no sonreír demasiado.

Esto iba a ser muy divertido, ver a mis dos compañeros lidiar conmigo embarazada, y luego tener un bebé. Dios, ¡un bebé!

Alcé la mirada para ver a mis hombres, estoicos y pesados, relajados y tranquilos, y completamente nerviosos.

Sí, eran míos. Estaban dementes, pero no cambiaría absolutamente nada.

ESPAÑOL – LIBROS DE GRACE GOODWIN

Programa de Novias Interestelares®

Dominada por sus compañeros

Pareja asignada

Reclamada por sus parejas

Unida a los guerreros

Unida a la bestia

Tomada por sus compañeros

Domada por la bestia

Unida a los Viken

El bebé secreto de su compañera

Fiebre de apareamiento

Sus compañeros de Viken

Luchando por su compañera

Sus compañeros rebeldes

Reclamada por los vikens

La compañera del comandante

Colección del Programa de Novias Interestelares - Libros 1-4

Colección del Programa de Novias Interestelares - Libros 5-8

Colección del Programa de Novias Interestelares - Libros 9-12

Programa de Novias Interestelares® : La Colonia

Rendida ante los Ciborgs

Unida a los Ciborgs

Seducción Ciborg

Su Bestia Ciborg

Set de la Colonia, Libros 1 - 3

Fiebre Ciborg

El Ciborg Solitario

El Hijo Secreto del Ciborg

Set de la Colonia, Libros 4 - 6

Sus guerreros cíborg

¡Más libros próximamente!

ALSO BY GRACE GOODWIN

Interstellar Brides® Program: The Beasts
Bachelor Beast

Interstellar Brides® Program
Assigned a Mate

Mated to the Warriors

Claimed by Her Mates

Taken by Her Mates

Mated to the Beast

Mastered by Her Mates

Tamed by the Beast

Mated to the Vikens

Her Mate's Secret Baby

Mating Fever

Her Viken Mates

Fighting For Their Mate

Her Rogue Mates

Claimed By The Vikens

The Commanders' Mate

Matched and Mated

Hunted

Viken Command

The Rebel and the Rogue

Rebel Mate

Interstellar Brides® Program: The Colony

Surrender to the Cyborgs

Mated to the Cyborgs

Cyborg Seduction

Her Cyborg Beast

Cyborg Fever

Rogue Cyborg

Cyborg's Secret Baby

Her Cyborg Warriors

The Colony Boxed Set 1

Interstellar Brides® Program: The Virgins

The Alien's Mate

His Virgin Mate

Claiming His Virgin

His Virgin Bride

His Virgin Princess

The Virgins - Complete Boxed Set

Interstellar Brides® Program: Ascension Saga

Ascension Saga, book 1

Ascension Saga, book 2

Ascension Saga, book 3

Trinity: Ascension Saga - Volume 1

Ascension Saga, book 4

Ascension Saga, book 5

Ascension Saga, book 6

Faith: Ascension Saga - Volume 2

Ascension Saga, book 7

Ascension Saga, book 8

Ascension Saga, book 9

Destiny: Ascension Saga - Volume 3

Other Books

Their Conquered Bride

Wild Wolf Claiming: A Howl's Romance

BOLETÍN DE NOTICIAS EN ESPAÑOL

FORMA PARTE DE MI LISTA DE ENVÍO PARA SER DE LOS PRIMEROS EN SABER SOBRE NUEVAS ENTREGAS, LIBROS GRATUITOS, PRECIOS ESPECIALES, Y OTROS REGALOS DE NUESTROS AUTORES.

http://ksapublishers.com/s/c5

CONÉCTATE CON GRACE

Puedes mantenerte en contacto con Grace Goodwin a través de su sitio web, su página de Facebook, Twitter, y en Goodreads, por medio de los siguientes enlaces:

Newsletter:
http://bit.ly/GraceGoodwin

Sitio web:
https://gracegoodwin.com

Facebook:
https://www.facebook.com/profile.php?id=100011365683986

Twitter:
https://twitter.com/luvgracegoodwin

Goodreads:
https://www.goodreads.com/author/show/15037285.Grace_Goodwin